Elf Tage sollte die weiße Laborratte, bedroht durch eine über das Internet auslösbare Waffe, in der Kunstinstallation von Florian Mehnert leben. Aufgebracht verfolgte die Netzwelt den Livestream. Es folgten ein weltweiter Shitstorm und zahlreiche Morddrohungen. Das Kunstexperiment `11 TAGE` ging um die Welt. Wie lief das interaktive Kunstexperiment ab? Warum wurde das Experiment statt am elften Tag schon am siebten Tag beendet? War am Ende das Publikum selbst die Laborratte? Florian Mehnert veröffentlicht erstmals, was wirklich geschah. 11 TAGE gibt einen erschreckenden Einblick in eine von Aggression und Hass gesteuerte Gesellschaft.

Florian Mehnert erlangte mit vielen Kunstprojekten internationale Aufmerksamkeit. In seinem Kunstprojekt „Waldprotokolle" (2013) verwanzte er als Statement zur NSA Affäre Wege und Lichtungen in Wäldern mit Mikrofonen, die vorbeigehende Passanten abhörten. In seiner Videoinstallation „Menschentracks" (2014) zeigte er 42 Videosequenzen gehackter Smartphones, deren Kameras und Mikrofone ferngesteuert aktiviert wurden. Seine Fotoserie REFUGEE STACKS (2015) in der er afrikanische Flüchtlinge übereinanderstapelte, war seine Reaktion auf die Situation der Flüchtlingsströme und eine Auseinandersetzung mit Postkolonialismus und Migration.

Mit FREIHEIT 2.0 (2016/2018) realisierte er eine partizipative Kunstinstallation im öffentlichen Raum, die nach einem Einfluss der Gesellschaft auf BIG DATA fragte. Während der Pandemie schuf er sein weltweit beachtetes Fotoprojekt „Social Distance Stacks" in denen er u.a. Tänzer des Ballett Stuttgart in Luftblasen fotografierte (2020/2021).

Florian Mehnert setzt sich mit gesellschaftlichen und aktuellen politischen Themen auseinander. Dabei arbeitet er mit einem erweiterten Kunstbegriff, der oft die Partizipation der Rezipienten in den Mittelpunkt stellt.

munihof

Hinweis:
Sämtliche Namen sind fiktiv, alle E-Mail-Adressen und Twitter Accounts sind fiktiv oder anonymisiert. Durch die Anonymisierung soll vermieden werden, jeglichen Konflikt auf eine persönliche und juristische Ebene der Auseinandersetzung zu heben und damit zu reduzieren.

Bibliografische Information der Deutschen Nationalbibliothek: Die Deutsche Nationalbibliothek verzeichnet diese Publikation in der Deutschen Nationalbibliografie; detaillierte bibliografische Daten sind im Internet über dnb.dnb.de abrufbar.

Ungekürzte Ausgabe
März 2023
1. Auflage 2023
munihof Verlag
© 2023 Florian Mehnert
Umschlaggestaltung: Florian Mehnert
Fotografie: Installation 11 TAGE, Florian Mehnert
Herstellung und Verlag: BoD – Books on Demand, Norderstedt
ISBN 978-3-744-80178-2

Florian Mehnert

Das Kunstexperiment

11 TAGE

Werkbiografie

„Nach dem zwölften Tag wird die Waffe auf Dich gerichtet sein! Egal wo Du Dich befindest: im Einkaufscenter, im Laden um die Ecke oder auf der Straße.
Dir ist ein Leben ja bekanntlich nichts wert, dann soll es Dir gleich ergehen."

1...r+4........4@guerrillamail.com

Alexander G.

Ein junger Mann.

Dunkle glatte kurze Haare. Breiter Mund. Dunkle Augen. Vielleicht mit starker Sehschwäche, seiner dicken Brille nach zu urteilen.

Sein Kopf ist leicht gesenkt. Sein geschlossener Mund deutet eine Art Lächeln an. Ich sehe nur sein Foto, das ihn auf seinem Facebook-Account zeigt.

Sein Name ist Alexander G. Er interessiert sich für die Musik der „Böhsen Onkelz", und der „Toten Hosen". Unter der Rubrik Fernsehen mag er die Sendung „Tiere suchen ein Zuhause". Unter der Rubrik Sonstiges verlinkt er: Neues vom Schlumpf, Otto Waalkes, Europa Park, Singen sagt NEIN zum Asylantenheim, Kuschelsachen für Ratte & Co.

Ich sitze in meiner Küche hinter der Theke an einem kleinen Holztisch vor meinem Laptop und durchforste die Webseite eines Pop-Radiosenders nach ersten Reaktionen. Auf der Facebookseite des Radiosenders entdecke ich unter einer kurzen Ankündigung meines Projekts, die dort platziert ist, ein paar Einträge.

Darunter ein Post von Alexander G.:

„Wo finde ich diesen so genannten Künstler, ich glaube, der braucht eine Kugel durch den Kopf! Das was die da vorhaben ist echt Pervers ."

Ich bin überrascht und fühle mich durch seinen Kommentar ungewollt betroffen. Daraufhin teile ich der Redaktion des Radios in einer E-Mail mit, man möge umgehend den Eintrag aus ihrer Facebookseite löschen. Es handele sich um eine Drohung.

Der Radiosender kommt meiner Bitte nach.

Ich ahne zu diesem Zeitpunkt nicht, dass sein Eintrag der Beginn eines weltweiten Shitstorms gegen mich sein wird.

Freitag

Es ist 9.23 Uhr, der 13. März
Zwei Tage zuvor habe ich die Öffentlichkeit mit meinem
Kunstexperiment `11 TAGE´ konfrontiert.
Mein Kunstexperiment besteht aus einer milchig weißen
Kunststoffbox aus ein Zentimeter dickem Polyethylen, einen Meter sechzig in der Länge und achtzig Zentimeter in
der Höhe und Breite. Ich habe die Box von einem Kunst-
stoffverarbeiter anfertigen lassen.
Die Kunststoffbox liegt auf einem von mir geschweißten
tischartigen Stahlgestell mit vier Beinen. An einem Aus-
leger am Stahlrahmen ist ein kleiner Geschützturm aus
Aluminium festgeschraubt, auf den wiederum eine Waffe
montiert ist. Es ist eine von mir selbst gebaute bewegliche
Konstruktion, die durch Servomotoren und durch Zahnräder angetrieben, per Software-Skripte über einen kleinen
Computer gesteuert wird.
Das besondere ist, dass die Waffe über das Internet steuer-
bar und auslösbar ist. Auf dem Waffenlauf habe ich eine
Webcam befestigt, die ihren Livestream aus dem Inneren
der Box über die Internetseite des Projekts in die Welt sen-
det. Die starken Servomotoren bestelle ich im Internet.
Die weißen Zahnräder über einen Zahnradfachhandel.
Sie sind unerwartet teuer.

Wochen zuvor recherchiere ich über Tage hinweg über sogenannte Sentry Gun und Turret Konstruktionen, die für militärische Trainings oder auch Paintball Szenarien entwickelt wurden. Ich will eine eigene Konstruktion entwerfen und lasse mich von Fotos, die ich im Internet finde inspirieren.

Monate habe ich an der Vorbereitung des Projekts gearbeitet und gemeinsam mit einem Programmierer, der in Texas, USA lebt, an der Software für die Waffensteuerung getüftelt.

Sein Name ist Brad.

Ich habe Brad über meine Recherche im Netz gefunden. Ich stoße auf seine kleine Webseite, die nicht sehr aktuell ist. Es ist schwierig, seine E-Mail-Adresse zu finden. Ich entdecke sie in einer PDF-Datei versteckt, in der er eine Art berufliches Porträt von sich darstellt.

Ich schreibe Brad eine E-Mail, in der ich kurz erkläre, dass ich eine ferngesteuerte Waffenkonstruktion bauen will. Es dauert Wochen, bis er antwortet.

Er ist interessiert und fragt mich, ob ich ein Budget hätte. Ich muss gestehen, dass ich keines habe.

Dennoch entscheidet er sich dafür, mit mir zu arbeiten.

Ich weiß nichts über Brad.

Ich habe ihn nie gesehen.

Wir haben nie telefoniert.

Ich habe ihn nie persönlich gesprochen.

Ich weiß nicht, wie seine Stimme klingt.

Ich kenne ihn nicht.

Unsere ganze Kommunikation beschränkt sich auf E-Mails und einen Google Hangout, in dem wir chatten und anfangs Bilder meiner steuerbaren Waffenkonstruktion austauschen. Wir sprechen nie über Privates.

Ein einziges Mal sehe ich Brad kurz, über einem niedrig aufgelösten pixeligen Livestream, den er eines Nachmittags zu Testzwecken in seinem Büro aufbaut.

Brad winkt mir freundlich zu.

Ein unscheinbarer, möglicherweise leicht untersetzter Mann mit dunklen Haaren und kariertem Hemd. Vielleicht Anfang vierzig. Er trägt einen Bart um Mund und Kinn herum. Ich würde ihn auf der Straße nicht wieder erkennen. Brad sitzt an einem Computer. Im Hintergrund sehe ich ein unordentliches zweckdienliches Zimmer und Darth Vader als lebensgroße Plastikpuppe oder vielleicht ist es auch nur ein Pappaufsteller im Darth Vader Format. Über seine Webseite weiß ich, dass er ist Star Wars Fan ist. Außerdem schreibt er dort, dass seiner Ansicht nach die Band Rush die einzige wahre Band ist, die es jemals gab. Viel später erfahre ich nebenbei, dass er Rotwein-Liebhaber ist. Der Video-Stream ist ohne Ton.

Ich habe mir eine schwarze, schlichte Paintballwaffe gekauft. Dazu das Zubehör, das notwendig ist, um zu schießen. Eine kleine Druckluftflasche mit Druckschlauch, einen sogenannten Gravitiyloader und Munition.

Ich entscheide mich bezüglich des Gravityloaders für eine elektronische Ausführung, einen „electronic hopper", der nachhilft Kugel für Kugel mit einem elektronisch gesteuerten kleinen Paddel in den Waffenlauf zu laden.

Ich habe mich zuvor noch nie mit einer Paintballwaffe beschäftigt und lasse mich lange von einer Verkäuferin mit dem Namen Kathy am Telefon eines Online-Shops beraten. Sie spricht Deutsch mit amerikanischem Akzent.

Kathy ist über meine unerfahrenen amateurhaften Fragen, offensichtlich amüsiert.

Sie beginnt in einer seltsam irritierend intimen Art auf meine Fragen zu antworten und raunt ins Telefon, dass Sie eine „Woodland Gamerin" sei:

„Wie cool es sich alles beim Spiel anfühlen würde, wie weh es täte, vor allem hinterher..."

Mich durchströmt eine Stimmung der Verruchtheit. Befohlen durch ihre intime Telefonstimme klicke ich meine Waffenartikel in den Warenkorb.

Ich könne sie jederzeit wieder anrufen, haucht sie zum Abschied und duzt mich:

„Du brauchst nur nach Kathy zu fragen."

Im Internet finde ich in Paintballforen Fotos, auf denen beeindruckende Blutergüsse vom Beschuss mit Paintballwaffen zu sehen sind.

In meinem Atelier baue ich spät Abends eine Art Teststation auf. Meine Turret-Konstruktion besteht im Wesentlichen aus zwei zusammengeschraubten Aluminium-Lochblechen, mit sorgfältig integrierten Servomotoren und Zahnrädern. Ich befestige die Waffenkonstruktion an einer Gewindestange, die ich durch ein großes schweres Stück Vierkantrohr aus Stahl stecke.

Brad hat die Software inzwischen so weit programmiert, dass ich meine Waffenkonstruktion zunächst lokal über ein Laptop mit manuellen Eingaben des Bewegungswinkels steuern kann. In der Stille meines Ateliers erinnert mich das leise futuristische Sirren der Servomotoren an die kalten Bewegungen eines Roboters in einem Science-Fiction-Film.

Ich befestige dickes Zeichenpapier und Pappe an der Wand meines Ateliers, richte meine Waffenkonstruktion darauf aus und schieße zum ersten Mal per Mausklick.

Ich zucke zusammen, als der trockene kurze Knall der Luftdruckwaffe, die Stille zerreißt. Die mit 200 Bar Luftdruck betriebene Waffe ist lauter, als ich erwartet habe.

Die Farbkugeln durchschlagen die Pappe und hinterlassen ein Loch darin. Die weiße Wand dahinter ist mit gelbgrüner Farbe beschmiert.

Ich bin von der Durchschlagskraft überrascht.

Mir wird klar, dass man damit ohne weiteres ein kleineres Tier töten kann und stelle mir vor, wie bunte Farbkugeln aus kurzer Entfernung auf einem flauschigen Fell-Körper zerplatzen. Daraufhin feuere ich mehrfach auf eine Aluminiumplatte, die ich vor die Pappe lehne. Die gelbgrüne Farbe spritzt meterweit in die Umgebung und fließt dann zähflüssig an der glänzend grauen Oberfläche herunter.

Mir kommt der Gedanke, rote Farbmunition zu verwenden. Wie sich bei meiner Recherche herausstellt, scheint es in der Paintballwelt grundsätzlich keine rote Munition, aufgrund der Verwechslungsgefahr mit Blut zu geben.

Es gibt Paintballs in vielen Farben, aber nicht befüllt mit roter Farbe. Nach hartnäckiger Suche entdecke ich aber doch eine australische Firma, die blutrote Munition herstellt.

Die Firma nennt sich Killerpaintballs und wirbt mit den Bezeichnungen „Zombie Premier" oder „Bezerk". Die rote Farbmunition heißt „Psycho Blood". Die Produktbeschreibung erklärt in Englisch: „Für den Hardcore Szenario Spieler, der seinem Spiel mehr Realismus hinzufügen will."

Auf der australischen Webseite selbst besteht keine Möglichkeit, die Munition zu kaufen.

Meine E-Mail an die Firma bleibt unbeantwortet.

Auf der Webseite wird ein Vertriebspartner in Polen und in Frankreich benannt.

Über die angegebene Mobilnummer erreiche ich einen schlecht Englisch sprechenden Mann in Polen.

Ich habe Schwierigkeiten, ihn zu verstehen. Er erklärt mir, dass die Munition sehr schwer zu kriegen sei und er keine habe. Ich versuche mein Glück bei einem Paintballshop in Toulouse.

Dort ist niemand zu erreichen.

Meine E-Mail wird nicht beantwortet.

Tage später erreiche ich dann doch einen Mann über eine Mobilnummer, die ich zuvor über eine sonore französische Stimme von einem Anrufbeantworter des Geschäfts notiere. Ich erkläre ihm auf Französisch mein Anliegen nach blutroter Munition und wiederhole mehrfach einen französisch englischen Akzent nachahmend:

„Killller" und „Psychooo Blood"!

Er versteht und erklärt lustlos, dass er irgendwo noch etwas Munition hätte.

Der Mann ist nicht sonderlich motiviert.

Ich insistiere und bitte ihn doch unbedingt nachzusehen.

Ich warte ungeduldig am Telefon, während er nachsieht und tatsächlich zwei Kartons findet.

Tage später erhalte ich ein teures Packet aus Toulouse, in

dem sich „Psycho Blood" befindet. Die Verpackung zeigt ein blutüberströmtes, zähnebleckendes, zur Fratze verzerrtes Zombie-Horror-Gesicht. Die zu Schlitzen verengten weißen, pupillenlosen Augen starren mich bösartig an.

In der milchig weißen Kunststoffbox meiner Installation soll eine weiße Ratte leben.
Sie soll namenlos bleiben, weil es eine Laborratte ist.
Laborratten haben keine Namen.
Die Kunststoffbox habe ich sorgfältig mit Holzspänen ausgestreut und außerdem ein kleines Geäst und eine Papprolle darin drapiert. Natürlich auch eine Schale mit Wasser und Futter. Aus weißem Plastikscheiben habe ich einen kleinen quadratischen Unterschlupf zusammengeklebt und einen halbrunden Eingang hineingesägt.
Durch die Größe der Box wird die Ratte ziemlich viel Auslauf haben. Ich frage mich, ob es in meinem Atelier womöglich zu kalt für sie sein könnte.
Tagelang bin ich in der Gegend herumgefahren und habe Tierhandlungen abgeklappert, um eine weiße Ratte zu kaufen. Es erweist sich schwieriger als erwartet.
Entweder gibt es keine Ratten, oder alle Ratten sind mehrfarbig. Ich versuche eine weiße Ratte in der Tierhandlung des örtlichen Baumarkts zu bestellen.
„Man kann bei uns keine weiße Ratte bestellen", schüttelt der Verkäufer den Kopf, aber er könne sich die Mühe machen und sehen, was in der kommenden Lieferung dabei sei. Ich solle nächste Woche wiederkommen.
Eine Woche später kehre ich zu der Tierhandlung zurück.

Der Verkäufer der letzten Woche ist nicht mehr da.

Doch ich habe Glück. Es sind neue Ratten eingetroffen.

Es sind Buntratten, aber eine ist, bis auf wenige sehr kleine helle graue Flecken, weiß.

Ich entscheide mich für den Kauf dieses Tieres. Es ist eine männliche, schon relativ große Ratte, die als Schlangenfutter vorgesehen ist.

Ich frage zusätzlich nach einer toten, eingefrorenen Ratte. Sogenanntem Frostfutter.

Mir ist wichtig, dass die eingefrorene Ratte ebenfalls weiß ist und in etwa dieselbe Größe hat. Die kleine dunkelhaarige Verkäuferin mit dicker schwarzer Brille öffnet einen Kühlschrank mit Glastür und zieht eine Plastikdose heraus. Sie öffnet den Deckel der Plastikverpackung, in der sechs Ratten steif gefroren nebeneinander liegen.

Wie in einer Sardinenbüchse.

Es sind aber nur bunte Ratten darin.

Ich bin unzufrieden.

Sie wundert sich über meine Hartnäckigkeit.

„Es muss unbedingt ebenfalls eine weiße Ratte sein, etwa in der gleichen Größe, wie die lebende", erkläre ich.

Die Verkäuferin betrachtet mich skeptisch und zurückhaltend. Ich versuche, sie zu motivieren, ihr Interesse zu wecken und erfinde spontan undeutlich nuschelnd irgendetwas von einem Theaterfilmprojekt. Ich will jeden möglichen Rückschluss zu meinem tatsächlichen Projekt vermeiden.

Ich ernte weiterhin verständnislose Blicke. Mir fällt auf, dass die Brille der Verkäuferin ihre Augen vergrößert. Entschlossen trete ich forsch an ihr vorbei an den Kühlschrank, öffne selbst die Glastüre und ziehe eine Packung nach der anderen heraus. Überrascht duldet sie meine Übergriffigkeit.

Ich öffne die Plastikdosen hintereinander und finde tatsächlich zufällig ein sehr ähnliches Exemplar und lasse es zusammen mit der lebenden Ratte einpacken.

Ich bezahle 6,90 Euro für die lebende weiße Ratte, und 5,90 Euro für die tote.

Zu Hause lege ich die tote Ratte zu dem Speiseeis in das Gefrierfach meines Kühlschranks. Ich habe ein Konzept zu der eingefrorenen Ratte, das ich aber nie umsetzen werde.

Ich habe die eingefrorene Ratte umsonst gekauft.

Später werde ich sie wegwerfen.

Tag 1
Mittwoch, 11. März, nachmittags

Am Mittwoch, 11. März, setze ich meine Laborratte am späten Nachmittag in die Installation ein.
Aufgeregt erkundet sie hektisch die klinisch weiße Box.
Kurz darauf entdeckt sie die kleine Plastikhütte, in der sie schnell verschwindet.
An der Vorderseite des Behälters befindet sich ein großer Ausschnitt, in den die Waffe mit ihrem langen Lauf hineinragt. Ich habe die Öffnung mit einer dicken schwarzen Folie abgeklebt. Sie ist großzügig um den Waffenlauf herum gerafft, um zu gewährleisten, dass sich die Waffe frei hin und her bewegen lässt.
Während des Abendessens beobachte ich die Bewegungen der Ratte. Ich bin begeistert vom ersten Livestream meiner eigenen Installation. Meinen Laptop habe ich dafür direkt auf dem Esstisch neben meinem Teller aufgeklappt und die Testwebseite aufgerufen. Alles funktioniert und prickelnde Aufregung durchströmt mich.
Ich empfinde einen kurzen Moment der Zufriedenheit darüber, dass mein Projekt endlich Form angenommen hat. Nachdem ich eine Weile nicht auf den Bildschirm sehe und dann wieder einen Blick darauf werfe, scheint die Ratte plötzlich verschwunden. Ich stürme aus der Küche

über den Hof in mein Atelier und entdecke die Ratte in einer Falte der schwarzen Plastikfolie. In der kurzen Zeit, die vergangen war, hatte sie bereits die Folie als Schwachstelle entdeckt und begonnen, ein Loch hineinzufressen. Um ein Haar wäre sie in mein Atelier entkommen.

Ich versperre den Zugang zur Folie innerhalb der Box mit einer spontan zugesägten Holzplatte. Ich muss sofort sicherstellen, dass die Ratte auf keinen Fall aus der Installation ausbrechen kann und beginne mit der Konstruktion einer dünnen verschiebbaren Scheibe aus Kunststoff. Nach einigen Fehlversuchen entwickle ich eine funktionierende Lösung, bei der sich die Scheibe zusammen mit der Waffe hin und her schwenken lässt. Der Waffenlauf ist durch eine Bohrung durch die Scheibe gesteckt. Außerdem schütze ich die Webcam mit ihrem Kabel auf dem Waffenlauf mit schwarzem Gewebeklebeband. Ich befürchte, die Ratte könnte Gefallen daran finden, das Kabel durchzunagen.

Der Livestream und die Waffensteuerung über das Internet funktionieren. Brad hat eine Warteschleife programmiert. Jeder User hat nach seinem Log-in 30 Sekunden lang Zeit, die Waffe zu bedienen und wird danach automatisch ausgeloggt.

Ich setzte mich selbst unter Zeitdruck.

Nach Monaten der Vorbereitungen will ich das Projekt endlich starten. Ungeduldig fertige ich am nächsten Morgen Fotos von der Installation an und bereite diese für die Veröffentlichung vor.

Tage zuvor beschäftige ich mich gemeinsam mit Brad an Optimierungen für die Steuerung der Waffe und der Performance des Webservers. Bis zuletzt arbeite ich noch an Details des Designs und der Funktionalität. Einige befreundete Eingeweihte in Deutschland und in den USA fungieren als Tester. Brad und ich bitten sie um Log-ins in die Waffensteuerung, um Feedbacks über die Performance, sowie um Teilnahme an der Online-Umfrage auf der Webseite.

Die Umfrage ist gleich rechts neben dem Livestream positioniert:

„Machen Sie mit! Beeinflussen Sie den Ausgang des Projekts! Jede Stimme zählt!

Soll die Laborratte am Leben bleiben?“

Man kann die Frage mit Ja, Nein oder Egal beantworten.

Ich habe nicht die Absicht, den Teilnehmern irgendeine Form von Einfluss auf den Ausgang des Projekts zu geben. Aber ich möchte die Illusion von Selbstwirksamkeit erzeugen. Es soll der Eindruck entstehen, dass das Ergebnis der Umfrage einen Einfluss auf das Projekt haben könnte.

Ich bin interessiert, zu erfahren, welche Aussage das Publikum treffen wird. Gleichzeitig soll die Umfrage aber auch die Rezipienten beeinflussen und zu Fragestellungen veranlassen.

Die Umfrage wird letztlich zusätzliche Informationen für die Rezipienten liefern.

Am Ende werde über 16.000 Teilnehmer abstimmen:

Ja, die Ratte soll am Leben bleiben, sagen 73,8 %.

Nein, die Ratte soll sterben, sagen 18,5 %.

Egal sagen 7,7 %.

Die Ego-Shooter-Perspektive des Livestreams `11 TAGE´

Mittwoch, 11. März, 21.03 Uhr

Am Mittwochabend beschließe ich, an die Öffentlichkeit zu gehen. Drei Tage später, am Samstag, den 14. März um 19 Uhr wird ein 11-tägiger Countdown beginnen, an dessen Ende ich die Waffe laden will.

Jeder kann dann über das Internet von jedem Ort der Welt aus auf die Ratte feuern und sie töten.

Ich habe in der Programmierung und im Webdesign besonderen Wert darauf gelegt, dass die Waffe auch über ein Smartphone gut bedienbar ist.

Ich informiere die Presse in einer E-Mail mit einem kurzen Text und einem Foto, das die Ratte aus der Ego-Shooter-Perspektive auf ihrem Unterschlupf zeigt.

Ich bin gezwungen, für das Foto den Eingang der Behausung umzudrehen, weil sie dort sonst im Inneren sofort Zuflucht sucht. Glücklicherweise klettert die Ratte auf ihr Versteck, wodurch sie mir zu ein paar guten Fotos verhilft.

In meiner Pressemitteilung schreibe ich:

„Das Kunstexperiment `11 TAGE´ untersucht die Folgen der Überwachung, den Einsatz von ferngesteuerten bewaffneten Drohnen. `11 TAGE´ inszeniert den bewaffneten Drohneneinsatz und zeigt, was er ist:

Die gezielte Tötung als Gamification und Konsequenz der totalen Überwachung. Eine Laborratte wird über einen live Webcam Stream permanent überwacht.

Nach Ablauf des Countdowns von 11 Tagen am 25.03.15 um 19.00 Uhr (CET), wird die über das Internet steuerbare Waffe scharf geschaltet.

Die Ratte kann dann von jedem Smartphone, von jedem Computer aus über das Internet getötet werden.

Der Countdown beginnt am Samstag,

14. März 2015, 19.00 Uhr.

11tage.florianmehnert.de"

Ich habe keine Gewissheit darüber, ob meine Arbeit überhaupt Interesse findet. Über 6 Monate arbeite ich auf den Moment der Veröffentlichung hin. Oft voller Zweifel.

Diesem Projekt gehen viele Wochen der Konzeptionsfindung voraus, in denen ich wenig Schlaf finde. Mein Projekt entsteht aus meiner inneren Notwendigkeit, mich mit einer Problemstellung auseinanderzusetzen, die mich belastet. Für die ich selbst keine Lösung sehe.

Ich will auf eine Konsequenz der Überwachung aufmerksam machen. Ich will den Menschen drastisch vor Augen führen, welche Auswirkungen Überwachung hat. Ich will aufzeigen, welche neuen Formen der ferngesteuerten Kriegsführung mithilfe von Drohnen entwickelt werden. Ich will einen gesellschaftlichen Diskurs darüber initiieren, ob neue ferngesteuerte Formen des Krieges zu einer womöglich größeren Entfremdung und Hemmschwellensenkung führen. Zu neuer gamifizierter steriler Brutalität, die eine Kriegsführung in eine neue Dimension der Unmenschlichkeit führt. Ich wünsche mir, dass durch mein Projekt ein neuer Impuls der Diskussion, der Auseinandersetzung und demokratischer Mitbestimmung entsteht. Ich setze mich mit Berichten über ferngesteuerte Drohnen, die in Afghanistan und Wasiristan Menschen exekutieren, auseinander. Ich recherchiere intensiv und suche nach einer Möglichkeit der Übertragung. Ich will die Menschen aus ihrer Passivität und Gleichgültigkeit locken, will sie zum integrativen Bestandteil meines Projekts machen. Will sie aus ihrer harmlosen, bequemen Position herauskatapultieren und zum Nachdenken bewegen. In einer der schlaflosen Nächte entsteht die Idee, mit einer bedrohten Ratte zu arbeiten, und ich notiere in schneller hastiger Schrift:

„Das Publikum eine Ratte bedrohen und töten lassen?"

Es ist der Beginn des Projekts `11 TAGE´, das zu diesem Zeitpunkt noch keinen Namen hat.

Meine Installation `11 TAGE´ wird rund um die Uhr von unten beleuchtet, was innerhalb der Box zu einer wissenschaftlich wirkenden sterilen Laboratmosphäre führt. Ich bedaure die Ratte aufgrund der Dauerbeleuchtung, aber ich sehe keine andere Lösung, die einer Laboratmosphäre gerecht wird. Der Videostream aus der Box muss schließlich auch in der Nacht sichtbar sein. Die Ratte schläft tagsüber ohnehin in ihrem Häuschen und ist vor allem nachts aktiv. Vielleicht macht ihr die Beleuchtung auch weniger aus als ich denke.

Noch am Mittwoch, um 23.25 Uhr, zwei Stunden nach meiner E-Mail in der ich das Kunstexperiment `11 TAGE´ ankündige, erreicht mich die erste Interviewanfrage einer großen Tageszeitung. Wir vereinbaren einen Telefontermin für Freitagmorgen.

Tag 2
Donnerstag, 12. März, 8.24 Uhr

Am Donnerstagmorgen werde ich nochmals von der Zeitung gefragt, ob es nicht auch sofort möglich wäre, das Interview zu führen.

Ich koche Wasser und bereite eine Teekanne mit Darjeeling vor, während ich mich auf meine Kernaussagen konzentriere. Im Geiste gehe ich sie noch mal durch.

Ich bin sehr gespannt und freue mich auf das Gespräch. Es wird mein erstes Interview über das neue Projekt sein. Ich spreche mit dem Journalisten über eine Stunde am Telefon.

Ich habe die Angewohnheit bei Telefongesprächen im Haus umherzugehen und gehe die Etagen hinauf und hinunter. Gegen Ende unseres Gesprächs stellt der Journalist die Frage, ob ich glaube, dass am Ende jemand auf die Ratte schießen wird.

Ich antworte: „Auch wenn man auf einer abstrakten kognitiven Ebene zwischen Fiktion und Realität unterscheiden kann, das Unterbewusstsein trennt das nicht. Alles wird zum Spiel. Es wird sicher einige geben, die es witzig finden, auf die Ratte zu schießen. Ich rechne mit einem Massaker."

Tag 3
Freitag, 13. März

Am nächsten Morgen erscheint der Artikel. Die Überschrift lautet: „Ich rechne mit einem Massaker!"[1]
Ich bin etwas besorgt über die Schlagzeile, beruhige mich
aber damit, dass sie hilfreich ist, um auf mein Projekt aufmerksam zu machen.
Der Artikel ist gut und bildet die Intention meines Projekts
korrekt ab. Wenige Minuten später erscheinen bei Twitter
die ersten Kommentare:
„Das ist nicht radikal, sondern feige und grausam,
@FlorianMehnert! (Warum nicht Ihr Fuß als Ziel?) ..."
Jemand bittet mich per E-Mail, das abscheuliche Projekt
abzubrechen:
„Ich möchte Ihnen gerne schreiben, damit Sie dieses abscheuliche ‚Projekt' nicht machen und dieses bitte ab-
brechen. Dieses Projekt hat genau nichts mit der Überwachung durch Drohnen gemeinsam. Ich finde es sehr
schlimm, was Sie da machen. Sie animieren Menschen
zum Töten von Tieren und dies geht einfach zu weit. Sie
als „Künstler" sollten eigentlich mehr im Kopf haben.
Da ich weiß, dass ich Sie nicht überzeugen kann, werde
ich schauen, was ich machen kann. Ich hoffe, dass dieses
„scheiß" Projekt für Sie noch Folgen haben wird.

Sie animieren die Menschen nur zu noch weniger Respekt vor Tieren zu haben, Sie animieren die Menschen zum Töten. Egal ob Mensch oder Tier: MORD IST MORD! Ich stelle dieses Projekt auf die gleiche Stufe wie Tierversuche. Für mich sind Sie ein Nichts, ein Tierquäler und kein Künstler. Sie sollten sich mal Gedanken machen zum Thema Respekt vor Lebewesen" und verabschiedet sich mit: „Keine freundlichen Grüße".

Am Vormittag gebe ich einem Pop-Radiosender ein Interview. Die Moderatorin freut sich und ruft: „Das ist ja mal wieder spektakulär, Herr Mehnert."
In den folgenden Stunden strömt eine Flut von Presseanfragen auf mich ein.[2]
Während ich beginne eine Interviewanfrage nach der anderen zu beantworten und Termine zu vereinbaren, rufen unterdessen ständig weitere Journalisten an.
In einer E-Mail bietet mir eine Frau an, die Ratte am Ende des Projekts zu übernehmen, da sie nicht damit rechnet, dass ich diese zum Abschuss freigeben werde. Sie hinterlässt auch ihre Telefonnummer.
Gegen 12.30 Uhr bricht der Livestream zum ersten Mal, wegen zu vieler Anfragen zusammen.
Die Webseite ist nicht mehr erreichbar.
Der Webserver, den ich extra für das Projekt angemietet habe, scheint bereits vollkommen überlastet.
Neben den Interviews, die ich spontan am Telefon gebe, versuche ich, mit der Hotline des Providers eine Lösung zu finden. Die Lösung ist die Anmietung eines leistungsfähigeren Webservers. Weitere E-Mails treffen ein.

In einem Betreff steht: „Die Ratte soll leben :`(“.

Eine andere beginnt mit:

„Sehr geehrter Herr Mehnert, was soll das?"

und endet mit den Worten

„ohne Grüße".

Ich komme nicht dazu weitere E-Mails zu lesen und überfliege sie meist nur. Die Interviewanfragen lassen mir kaum Zeit.

Viele Rezipienten schlagen vor, ich solle mich doch selbst in die Kiste setzen, sie würden nicht zögern abzudrücken.

Erst nach Stunden am späten Nachmittag kann ich Brad über den Google Hangout Chat erreichen.

Die Zeitverschiebung zu Texas beträgt 9 Stunden.

Ich schildere ihm die Server Probleme. Er freut sich über die unerwartete Resonanz und beginnt sich, um die Stabilität der Webseite und des Livestreams zu kümmern.

Ich schließe einen neuen, teureren Vertrag mit dem Provider ab.

Die Rezipienten beginnen stark auf die Ratte zu fokussieren, und ich versuche in den Interviews dagegen zu steuern.

Dabei erkläre ich immer wieder die Rolle der Ratte:

„Die Labor-Ratte ist ein wichtiger, kalkulierter Bestandteil der Installation. Sie bekommt implizit die Rolle des unschuldigen Opfers und fungiert als Auslöser von Aufmerksamkeit und Emotionen. Das Ziel des Projekts ist es, eine kontroverse Diskussion über die Konsequenzen der Überwachung und den Einsatz von bewaffneten Drohnen anzustoßen."

Über die Identifikation der Rezipienten mit der Ratte gelingt es, die Aufmerksamkeit auf das Projekt zu lenken.

Ich gehe davon aus, dass jeder den klaren Aufbau und die intendierte Funktionsweise der Installation nachvollziehen kann.

`11 TAGE´ schafft in seinem Aufbau eine Parallelsituation zur Wirklichkeit der Drohnenkriege und Ego-Shooter-Spiele. Schockierend scheint, dass die Installation voll funktionstüchtig ist und man die Waffe tatsächlich über das Internet bedienen und steuern kann.

Die Webseite ist durch die weiter steigenden Anfragen zunehmend kritisch überlastet, sodass ich am frühen Freitagabend einen noch leistungsfähigeren Cloud-Server anmiete. Ich mache mir wegen der nun deutlich gestiegenen Serverkosten Sorgen, aber nur auf diese Weise kann ich die Webseite mit dem Livestream aufrechterhalten.

Auch der leistungsfähige Cloud-Server läuft die nächsten Tage meist an seinem Limit, aber ich habe nicht die Mittel, noch mehr Leistung einzukaufen und mehrere parallele Server gleichzeitig zu betreiben.

Oft sind über 200 User gleichzeitig in die Warteschleife eingeloggt, um im Abstand von 30 Sekunden nacheinander jeweils die Steuerung der Waffe zu übernehmen.

Am Freitagnachmittag gegen 14 Uhr erscheinen unerwartet zwei uniformierte Streifenpolizisten in meinem Innenhof. Ich telefoniere gerade mit einer Zeitung und entdecke sie zufällig durch die Glastür meiner Küche. Beunruhigt unterbreche ich mein Gespräch, während ich gleichzeitig die Türe mit den Worten öffne: „Es tut mir leid ich muss einhängen, da steht gerade die Polizei vor meiner Türe".

Die beiden Polizisten sind unbemerkt durch das stahlgraue Gartentor eingetreten. Sie stehen in meinem Innenhof und blicken sich suchend um. Ein braunhaariger junger Mann und eine junge blonde Frau. Beide sind ordnungsgemäß bewaffnet. Sie tragen lässige dunkle Polizeijacken, aber keine Mützen. Ich öffne die Türe und gehe auf sie zu. Sie fragen mich nach meinem Namen.

Der Polizist hat Papiere in der Hand, die er mir aber nicht zeigt. Ich frage auch nicht danach.

Die beiden Beamten wirken vorsichtig und misstrauisch.

Die Polizistin mustert mich eingehend.

Sie stellt die Fragen, der Mann hält sich im Hintergrund.

Die Polizistin eröffnet mir förmlich, dass man den Auftrag habe zu überprüfen, was hier vor sich ginge.

Steif zählt sie auf, was sie über mein Projekt weiß und fragt mich, ob der Sachverhalt so richtig sei. Ich bejahe.

Sie wüssten, dass ich behaupte eine Ratte mit einer Schusswaffe zu bedrohen, und sie würden gerne die Ratte und die Waffe in Augenschein nehmen.

Sie haben offensichtlich keinen Durchsuchungsbefehl bei sich, doch ich gebe mich freundlich und zuvorkommend. Ich gehe auf die Polizisten zu und fordere sie auf, mich in mein Atelier zu begleiten.

Ich glaube zu spüren, dass sie meine Offenheit eher misstrauischer macht.

Die beiden folgen mir, und ich empfinde in meinem Rücken ihre Anspannung. Sie halten mich vielleicht für unberechenbar oder für irre. Im Atelier zeige ich ihnen die Installation und beginne ausführlich mein Projekt zu erklären. Aus dem Augenwinkel nehme ich wahr, dass sich der Polizist vorsichtig umschaut.

Ich überlege, ob er den Anblick meiner umgebauten Scheune befremdlich findet. Vielleicht sucht er auch nach möglichen weiteren Komparsen. Beiden scheint meine Installation kurios und bizarr vorzukommen. Während meiner inhaltlichen Erläuterung sucht die blonde Frau mit akkurat geschminkten Augen ständigen Blickkontakt zu mir. Sie durchbohrt mich förmlich, als könne sie auf diese Weise in mein Inneres blicken und sich über den Wahrheitsgehalt meiner Aussage Gewissheit verschaffen. Ich bin irritiert und kürze meine Ausführung ab, während ich Ihrem Blick standhalte und unvermittelt zurückstarre. Die Situation zwischen uns erscheint mir aufgesetzt, geschauspielert.

Aufmerksam und konzentriert verfolgt sie jede meiner Bewegungen. Ich vermute, dass sie das so in ihrer Ausbildung als Polizistin gelernt haben muss. Betont locker nehme ich meine Erklärung wieder auf.

Sie scheint mir jedoch nicht inhaltlich zu folgen.

Der Mann steht versetzt nahe der Eingangstüre, wohl in der Absicht, die Situation gegebenenfalls aus dem Hintergrund zu sichern. Mich beschleicht der Eindruck, dass sie die Ausführungen meines künstlerischen Konzepts, das ich motiviert, lebhaft gestikulierend erläutere, gar nicht interessiert.

Ein Gefühl von peinlich ertappter Naivität breitet sich in mir aus. Die örtliche Polizei weiß zu diesem Zeitpunkt schon wesentlich mehr über die Reaktionen zu meinem Projekt, als ich ahne. Erst später erfahre ich, dass zwischenzeitlich zahlreiche Anzeigen überall in Deutschland eingegangen sind und deshalb bereits die Ermittlungen der Staatsanwaltschaften begonnen haben. Auf ihrem Schreibtisch liegt zusätzlich eine Anfrage des Landeskriminalamtes.

Zögerlich realisiere ich, dass die beiden Polizisten selbstredend nur gekommen sind, um ihren Auftrag zu erfüllen. Sie sollen einschätzen, ob ich gefährlich bin und vor allem die Waffe überprüfen. Sie sind zweifellos nicht gekommen, um sich meine künstlerische Intention anzuhören.

Ich zeige ihnen bereitwillig die Ratte in der Box und die außen montierte Waffe. Der Polizist erkennt mit geschultem Blick die Paintballwaffe und ist erleichtert. Kurz darauf verlassen die beiden Polizeibeamten ohne weitere Erklärungen mein Atelier.

Als sie das Gartentor hinter sich schließen, kehre ich zu meiner Installation zurück und beobachte die schnellen ruckartigen Bewegungen der Waffe. Die Ratte hat sich in ihren Unterschlupf verkrochen, nur ihre Schnauze schaut schnuppernd hervor. Ich lausche dem Sirren der Elektromotoren. Ohne Unterbrechung reihen sich die User per Log-in in die Warteschleife ein. Hinein in den still ablaufenden gleitenden Prozess des Wartens, bis zu dem spannenden Moment an die Reihe zu kommen, um endlich selbst die Waffensteuerung zu übernehmen.

Ständig wird der Abzug der Waffe, der über einen kleinen Servomotor bewegbar ist, betätigt.

`sig-säg´, `sig-säg´, `sig-säg´.

Das Geräusch klingt angenehm, sanft.

Es braucht nur einen entschlossenen Mausklick oder einen kurzen Tap auf das Display eines Smartphones, um die Waffe auszulösen.

Mir ist es wichtig auf den Aspekt der Gamification aufmerksam zu machen. Die Gamification als spielerisches Element in spielfremden Kontext.

Spielerisch töten.

Wir Menschen kennen das seit Jahrtausenden.

Als Kinder, als Erwachsene.

Der zugefügte Tod als eine mächtige Erfahrung der Überlegenheit, aus Notwehr, aus Rache, Hass oder aus Neugier. Aus meiner Kindheit, kenne ich die Enttäuschung, den kleinen Schock, festzustellen, wie empfindlich das Leben ist. Ich hatte als Sechsjähriger Heuschrecken gefangen, und sie in ein Glas befördert, um sie zu beobachten. Vielleicht fünf oder sechs. Aus irgendeinem Grund hatte ich sie in den dunklen Keller gestellt. Vielleicht wollte ich sie nicht in meinem Zimmer sehen. Vielleicht wollte ich meine Tat vor den Blicken anderer verbergen. Es war mir unangenehm.

Ich empfand auch Ekel. Irgendwie taten mir die Heuschrecken leid, andererseits war da auch eine Art interessierte Abneigung gegenüber den Insekten. Als ich am nächsten Tag nachsehen ging, lebte die Hälfte der Heuschrecken nicht mehr. Die Überlebenden hatten zum Teil ein Bein oder ihre Fühler verloren. Waren sie abgebissen worden? Es ging den Heuschrecken nicht gut.

Ihre Bewegungen waren lahm und kraftlos.

Eckig kletterten sie umher.

Mit plötzlich schlechtem Gewissen und Mitleid ließ ich die letzten Überlebenden draußen frei. In der Hoffnung, dass sie weiter leben würden. Etwas später im Sommer habe ich dann versucht, durch den konzentrierten Brennpunkt einer Lupe eine kleine rote Samtmilbe auf den Steinplatten unserer Terrasse zu verbrennen.

Wir Menschen spielen gerne.

Wir spielen alles Mögliche gerne. Fußball, Krieg, Frieden, Zerstören und wieder Aufbauen.

Und wir lieben es auch, anderen beim Spielen zuzusehen. In der `11 TAGE´ Installation, kann man beides.

Man kann spielen und anderen dabei zusehen, wie sie spielen. Das Opfer ist eine Ratte.

Wie süß, wie gemein, wie ekelhaft, die arme Ratte, die kann doch nichts dafür.

Der Reiz liegt im Wissen, dass die Waffe funktioniert.

Darin, dass man nach Ende des Countdowns schießen kann. Sicher wird einer abdrücken!

Oder viele nacheinander!

Dass die Schusswaffe tatsächlich über das Internet steuerbar ist, dieser Faszination werden Zehntausende während des Countdowns immer wieder erliegen.

Es ist reizvoll, es auszuprobieren.

Wie nahe liegt das Computerspiel an der Realität?

Wie weit ist der Drohnenpilot, der vor seinem Joystick und Bildschirmen sitzt und eine Drohne an ihr Ziel steuert, vom Spiel entfernt? Können wir das im Unterbewusstsein wirklich unterscheiden? Das Spiel und die Realität? Wo definiert sich eine klare Grenze?

Im Ego-Shooter-Spiel ist alles Fiktion.

Niemand stirbt, es sind keine Menschen, es sieht nur so aus, es sind nur animierte Bilder.

Dort auf den Bildschirmen im Container des Drohnenpiloten, dort sind es echte Bilder, von echten Menschen.

Und doch sind es nur auf Bildschirmen flackernde Video Streams. Aus der Luftperspektive, von oben, von Satelliten, von Drohnen, durch teilweise schlechte Qualität entstellt und abstrahiert.

Das Spielerische senkt die Hemmschwellen, da wo etwas wie ein Spiel aussieht, da darf man lachend, mit Genuss töten. Dort wo man in Sicherheit sitzt, weit entfernt vom Spiel, wo man Zuschauer und Spieler zugleich sein kann.

Ein Film, so spannend, dass er uns in seine Handlung hineinziehen kann. Unseren Herzschlag beschleunigt, die Handflächen feucht werden lässt, obwohl es doch nur Schauspieler sind und alles darin Fiktion. In der kein echtes Blut fließt, in der es keine echten Toten gibt, auch wenn es ganz danach aussieht. Warum finden wir das spannend, gleichwohl doch alles Fiktion ist?

Kleine Kinder können die Fiktion oft noch nicht von der Wirklichkeit unterscheiden. Für sie ist die Fiktion, ihre eigene Fantasie genauso wirklich, wie ihre reale Umgebung. Sie haben Angst vor Fantasien. Sie haben Angst vor den Handlungen in Filmen. Kinder müssen glauben, was sie sehen.

Erwachsene glauben, den Unterschied zu kennen. Wir glauben, zwischen Fiktion und Realität genau zu unterscheiden. Können wir unser Unterbewusstsein steuern, und haben wir das alles unter Kontrolle? Wird die Ratte in der Installation sterben? Wird die Waffe am Ende des elftägigen Countdowns geladen sein? Wird jemand die Ratte über einen Mausklick erschießen? Wo fließen Realität und Fiktion ineinander? Antizipieren die Teilnehmer des `11 TAGE´ Projekts eine Realität, die möglicherweise so nie stattfinden wird? Warum akquiriert das amerikanische Militär auf den großen Spielemessen Soldaten? Warum akquiriert selbst die deutsche Bundeswehr auf der alljährlichen Gamescom- Messe in Köln? Was haben Kriegsspiele am Computer und die vom Computer aus gesteuerten Kriegswaffen miteinander zu tun?

Ich sprühe Silikon in die bewegliche Kunststoffkonstruktion, dort wo der Waffenlauf in die Box der Installation ragt. Dort, wo die Kunststoffplatten aneinander reiben.

Das Silikon verringert die Reibung deutlich und ist weitgehend geruchslos.

Die Besucher geben sich Nicknames für den Log-in:

„Hitler"

„Rattentöter"

„Nazifucker"

„cunt"

„savetherat"

„ratkiller"

„kill the rat,"

„fuck the rat"

„fuck the artist!"

Es treffen beständig neue E-Mails ein, deren Absender mich anflehen oder beschimpfen.

Amelie schreibt:

"Bitte, bitte, bitte nicht!" Bitte gehe in Dich und realisiere, dass Dein Vorhaben FALSCH ist..."

In einer anderen E-Mail von Christine steht:

„Ich denke nun schon den ganzen Tag über Ihr Projekt nach. Darüber, ob die Ratte wohl sterben wird.

Ob es naiv ist, an einen anderen Ausgang zu glauben.

Ob die Waffe überhaupt geladen ist.

Ob Sie (Pardon!) eigentlich den Arsch offen haben.

Ob es weh tat, diese eine Ratte auszuwählen.

Ob es tatsächlich das ist, was Kunst erreichen kann und auch soll. Ob es verwerflich ist, dass dieses Projekt mich mehr berührt als die Tatsache, dass Menschen durch Drohnen sterben. Ob es immerhin ein Anfang ist, sich dafür schlecht zu fühlen. Ob es der Anfang vom Ende ist, darüber nachzudenken, die Ratte durch gezieltes Danebenschießen (möglicherweise) zu retten oder gleich selbst zu zielen, bevor sie ein anderer verstümmelt. Ob man sich schlecht fühlen sollte, überhaupt darüber nachzudenken, sich das Ende des Countdowns anzusehen. Ein befreundeter Künstler sagte mal zu mir, dass Kunst einzig den Sinn hat, dazu anzuregen, sich mit ihr zu beschäftigen. Wenn er recht hat, dann haben Sie es geschafft."

Wird das Feuer auf die Ratte wirklich eröffnet werden.

Wird die Ratte wirklich sterben?

Ja, sie wird sterben.

Ihr weißes Fell wird von den roten Kugeln aufgerissen werden. Sie wird nicht gleich tot sein.

Vielleicht zunächst ein Schuss an den Hinterleib.

Blut spritzt heraus, oder ist es die rote Farbe des Paintball? Quillt da etwas hervor? Die schöne reine weiße Box ist mit Blut besudelt. Oder ist das Farbe?

Die Streu färbt sich rot. Die 30 Sekunden sind um.

Die Ratte lahmt und versucht zu fliehen.

Ein anderer ist an der Reihe. Schnell zielen und die drei

erlaubten Schüsse abfeuern. Daneben.

Der nächste ist dran... Die Ratte versucht, sich in ihre Behausung zurückzuziehen.

Doch unter dem Dauerfeuer der Teilnehmer gelingt es ihr nicht mehr. Die Ratte stirbt, anonym erschossen über das Internet. Game Over!

So wird es sein.

Es gibt keine andere Möglichkeit.

Keinen anderen denkbaren Ausweg.

Wir antizipieren und definieren eine Realität, die unausweichlich ist. Ich kann all die E-Mails die mich erreichen, nur überfliegen und oberflächlich zur Kenntnis nehmen. Ich habe keine Ruhe und Zeit, mir über deren Inhalt Gedanken zu machen. Ich stehe unter konzentriertem Druck, einerseits die ständigen Interviewanfragen zu beantworten und zu koordinieren, andererseits in kurzen Pausen, den zusammenbrechenden Webserver und den Videostream zu betreuen. Immer wieder muss ich die lokalen oder serverseitigen Skripte auf dem Rechner, der die Installation steuert, neu starten.

Erst viele Tage später finde ich die Ruhe zu lesen, was all die Menschen mir eigentlich geschrieben haben.

Arusa81 schreibt:

„Reicht Deine ‚Kunst' nicht mehr aus, um im Rampenlicht zu stehen? Wenn Du schon etwas bewegen willst, dann mach das mit Deinem Leben. Stell Dir vor Deine Pistole knapp bevor der Countdown abläuft und zeig der Welt, dass Du alles machst, um etwas zu bewegen.

Das lustige ist ja das ich bis jetzt nicht mal gewusst habe das Du existierst.

Ich habe darüber im Internet gelesen.

Und so wie mir geht es vielen anderen auch.

Somit trifft das vorige zu, dass Du asozialer Vollkoffer eine Ratte töten willst, weil Du durch Deine eigene Leistung anscheinend nichts mehr auf die Reihe kriegst.

Wie gesagt, stell Dich selber vor Deine Pistole und tu der Welt einen Gefallen.

Jede Ratte auf dieser Welt ist mehr wert als Du es jemals sein wirst.

Fuck You!!!"

Um 14.35 Uhr meldet sich eine große Boulevard-Zeitung per Telefon.

Ich drücke der Journalistin gegenüber zunächst vorsichtig meine Sorgen darüber aus, ob sie die Intention meines Projekts korrekt darstellen will und kann.

Wir sprechen ausführlich darüber.

Sie überzeugt mich mit den Worten:

„Glauben Sie mir, wir können das!"

Ich vertraue ihr und lasse mich auf ein Gespräch ein.

Der Artikel erscheint dann auch als wahrheitsgetreues Interview. Die Überschrift lautet:

HINRICHTUNG PER MAUSKLICK GEPLANT.

Ich vereinbare für den Samstagmorgen um 9 Uhr ein Live -Interview mit einem Berliner Radiosender.

Dann um 10.30 Uhr ein nächstes Interview und am Nachmittag ein Gespräch mit einem norddeutschen Kultursender. Ich wähle größere Abstände zwischen den vereinbarten Interviews, damit ich Zeit für die permanenten neuen Anfragen zwischendurch habe.

Bis zum Abend arbeite ich die Anfragen per E-Mail oder am Telefon ab.

Rainer H. schreibt:

„Hey,

tolles Projekt, welches ein sehr wichtiges Thema anspricht, was in unserer heutigen Zeit kaum Beachtung findet. Menschen sind eher dazu bereit, in einer virtuellen Welt zu töten, als im wirklichen Leben die Waffe in die Hand zu nehmen. Das Thema wird in Zeiten, wo der globale Krieg praktisch nur noch mit dem Joystick ausgeführt wird, immer wichtiger. Man sollte aber dringend differenzieren zwischen Simulation und Realität.

Ich bin Pazifist und zocke seit 30 Jahren Videospiele... ich hab schon millionenfach Pixel umgelegt und im wirklichen Leben tue ich keiner Fliege was zuleide. Für mich steht dabei der Wettbewerb im Vordergrund als das eigentliche abdrücken und „töten". Wobei First Person Shooter im Laufe der letzten 30 Jahre bei mir immer mehr an Bedeutung verloren haben. Aktuell zocke ich am liebsten sogenannte MOBAs wie z.B. Diablo3, DotA2 oder LoL (wobei man auch dort Haufenweise Pixel um die Ecke bringt). Gefährlich wird es erst, wenn die klar definierten Grenzen verschwimmen, und wenn man die Realität nicht mehr wahrnimmt.

Das ganze als Simulation auffasst, also sprich z.B. reale Menschen am Computer tötet per Drohne, und das ganze als Videospiel versteht. Hierdurch sinkt die Toleranzschwelle, und auch das Schuldbewusstsein. Das ist das eigentliche Dilemma.

Wo hört die Simulation auf, und wo fängt die Realität an?

Das Milgram-Experiment ist in diesem Bezug ist auch sehr interessant. Ich werde das Projekt auf jeden fall mit Spannung verfolgen, wenn ich auch jetzt schon weiß das die Ratte am Ende überleben wird :)

Es wird aber auch zweifelsohne sehr viele Leute geben, die ohne Skrupel den Abzug betätigen werden (Ich bin keiner davon). Grund hierfür ist mangelnde Empathie und eine krankhafte / fehlerhafte Auffassung / Wahrnehmung (Psychopathen).

Liebe Grüße R.H."

Um 23.04 Uhr stellt eine große Zeitung eine eilige Fotoanfrage. Ich schicke ein Foto von der Installation und der Ratte im Fadenkreuz.

Um 1.25 Uhr schreibt Jens T.:

„Wie wäre es, wenn Sie anstatt ein hilfloses Lebewesen zu missbrauchen, Ihren Kopf vor die Flinte halten? Tauschen Sie doch einfach mit der Ratte?!?!

Ich bin mir sicher, dass sich jemand finden wird, der Sie von Ihren schwachsinnigen Ideen heilt... Selbstverständlich im „Dienst Ihrer perversen Wissenschaft", mit Kopfschuss;-)

Hochachtungsvoll, Jens T."

Die Zugriffe steigen weiter. Der Videostream bricht immer wieder zusammen. Es sind meist um die hundert Spieler in den Controller der Waffe eingeloggt:

„Wayne"

„Ratkiller"

„Bang"

Der Server bricht gegen 1.50 Uhr zusammen.

Brad kümmert sich um den Reboot.

Ich sitze bis Samstag, 3 Uhr morgens mit meinem Laptop neben der Installation, um mit Brad gemeinsam die Software des Servers und die Funktionalität der Waffe zu stabilisieren.

Wir beschließen den Umzug auf einen leistungsfähigeren Cloud-Server für den nächsten Tag. Ich schlafe schlecht und oberflächlich. Ich kann nicht abschalten.

Um 5.54 Uhr schreibt Tatjana L.

„Ihr Rattenexperiment ist keine Kunst, es ist der reine Sadismus. So geht man mit Lebewesen nicht um. Erst quälen und dann auch noch hinrichten lassen. Es tut überhaupt nichts zur Sache, ob es in Ihren Augen „nur" eine Ratte ist. Schämen Sie sich. Brechen Sie ab ..."

Tag 4
Samstag, 14. März

Ein Schweizer Revolverblatt weiß um 6:34 Uhr:
„Der Deutsche Florian Mehnert lässt für ein Kunstpro-
jekt auf eine Ratte schießen. Jeder kann mitmachen. Der
Künstler wird nun mit Protest-Mails bombardiert."
Mein Tag beginnt um 6.55 Uhr mit der Twitternachricht:
„Ehrlich wäre, wenn sich Florian Mehnert selbst in die
Box setzen würde. Ja, mit Abschuss."

XbXXr9X teilt mir per E-Mail mit:
„Du feige Sau,
warum stellst Du Dich eigentlich nicht gleich selbst in die
Box, Du feige Sau?! ..."

@s[xx]_poy twitterpost lässt mich hoffen:
„Very clever comment on drones; Florian Mehnert set up
„installation" so internet users can shoot a rat using their
keyboards"

Aber V...t Girl widerspricht:
„@...._@FlorianMehnert MURDERER. I truly hope that if
that poor rat gets killed, you do too. You deserve to be shot
in the head."

Um 8.27 Uhr schreibt Julian aus der Schweiz:
„Kann man nach Ablauf der `11 TAGE´ auch Dich elenden Dreck-Nazi per Mausklick abschießen…??"

Um 7.24 twittert @D…K..D…A
„@FlorianMehnert ich hoffe Sie werden eines Tages erschossen."

Um 8.39 Uhr schreibt per E-Mail 1…r+4……..4@guerrillamail.com:
„Nach dem zwölften Tag wird die Waffe auf Dich gerichtet sein! Egal wo du Dich befindest: im Einkaufscenter, im Laden um die Ecke oder auf der Straße. Dir ist ein Leben ja bekanntlich nichts wert, dann soll es Dir gleich ergehen."

Ich wiederhole mich mehrfach im Radio:
„Heute am Samstagabend um 19 Uhr wird der 11-tägige Countdown beginnen. Ab heute wird die Ratte noch `11 TAGE´ leben. Elf Tage die wir dazu nutzen können zu diskutieren. Darüber zu reflektieren, ob wir die Konsequenzen der Überwachung gutheißen. Ob wir wollen, dass Menschen auf Verdacht mit bewaffneten Drohnen exekutiert werden. Ohne Prozess und ohne Anhörung."

Laut einer Statistik des Guardian[3] wurden bei der Exekution von 41 Männern durch Drohnen 1147 Menschen getötet. Bei einem Drohnenopfer sterben demnach durchschnittlich 28 andere Menschen. Häufig auch Kinder.
Nach meinen vorhergehenden Kunstprojekten, die sich vor allem mit der Veranschaulichung der Überwachung

auseinandersetzen, (die Waldprotokolle und die Videoinstallation Menschentracks) geht es mir darum, eine Arbeit zu schaffen, in der ich die Konsequenz der Überwachung verdeutlichen kann.

Es ist mir wichtig dem Rezipienten eine entscheidende partizipative Rolle zu geben, ihn in eine kritische Situation zu bringen, in der er selbst Überwacher und Entscheider ist.

Eine drastische Konsequenz der Überwachung ist der Einsatz von ferngesteuerten bewaffneten Drohnen.

Einem Drohneneinsatz geht eine umfassende Überwachung voraus, die sich dabei hauptsächlich auf private Daten von Mobiltelefonen, aber auch von sogenannten Metadaten, gewonnen aus dem Verhalten des Opfers im Internet stützt. Durch Überwachung und Auswertung der Daten wird das Opfer auserkoren und sein Aufenthaltsort lokalisiert. Wer durch Überwachung die Bewegungsprofile seines Opfers kennt, weiß, wohin er die tödliche Drohne schicken wird.

`11 TAGE´ inszeniert den bewaffneten Drohneneinsatz und zeigt, was er ist: die gezielte Tötung als Konsequenz der totalen Überwachung.

Die Gamification spielt dabei eine wesentliche Rolle.

Der Rezipient versetzt sich in die Position des Drohnenpiloten. Das Prinzip, das die Installation `11 TAGE´ widerspiegelt, und im Grunde in ihrem gesamten Aufbau nachempfindet, entspricht einerseits der Steuerung von bewaffneten Drohnen und andererseits dem Prinzip des Ego-Shooter-Videospiels. Der Einsatz der Gamification führt meiner Ansicht nach zu einer Herabsetzung der

Hemmschwellen. `11 TAGE´ bezieht sich auf die zahlreichen Spiele, in denen die Aggressionsbereitschaft und die Bereitschaft zum Töten in Szene gesetzt und initiiert werden.

Am Nachmittag diskutiere ich mit Brad wiederholt über den vollkommen überlasteten Server.

Die Statistiken zeigen über 60.000 Streaming Aufrufe in wenigen Stunden. Die Server-Software der Waffensteuerung scheint auch überlastet zu sein und lässt sich nur durch regelmäßige Neustarts funktionsfähig halten.

Immer wieder wird der Webserver zusätzlich von DDOS-Attacken heimgesucht.

Offensichtlich scheint es jemanden zu geben, der hartnäckig daran arbeitet, den Webserver immer wieder in die Knie zu zwingen.

Manchmal beobachtet Brad die Attacken, während wir chatten und kann den Webserver kurz darauf wieder hochfahren.

Das britische Radio bittet mich in mehreren E-Mails um Interviews.

Brad schickt mir ein aktualisiertes Script, das er für mich vorbereitet hat. Ich aktualisiere damit das Arduino Board an der Waffensteuerung.

Häufig greift Brad auch direkt aus Texas auf den kleinen Rechner zu, der ja ein fester Bestandteil direkt an der Installation ist und dafür zuständig ist, die Waffensteuerung über die Webseite zu ermöglichen und den Livestream auf den Webserver zu übertragen.

Samstag, 14. März, 18.53 Uhr

Sieben Minuten vor dem Start des `11 TAGE´ Countdowns befinden sich in der Waffensteuerung über 200 Spieler gleichzeitig.

Ich lade eine Minute vor 19 Uhr ein neues Script auf den Server, das den elftägigen Countdown startet.

Kurz darauf wird der Server von einer weiteren DDOS-Attacke angegriffen.

Es scheint wirklich gut organisierten Widerstand zu geben.

Kurz darauf benachrichtigt mich Twitter über einen Tweet von @spr..eb...k

„Es ist so leicht, die Ratte zu retten.

Wir müssen nur wollen."

Der Server bricht eine halbe Stunde später gegen 20.17 Uhr unter neuen Attacken wieder zusammen.

Gut, dass es Brad gibt, der unermüdlich während ich nachts versuche zu schlafen, den Server immer wieder neu startet.

Ein Start-up bietet mir per E-Mail an, das Hosting des Server kostenlos gegen eine Werbeeinblendung zu übernehmen. Ich habe keine Zeit, mich mit dem gut gemeinten Angebot auseinanderzusetzen. Es würde einiges an Aufwand bedeuten den Server dort neu aufzusetzen.

In einem längeren Chat öffne ich mich Brad gegenüber:
„Brad, ich weiß nicht, wie lange ich dem Druck all dieser
Kommentare und dieser idiotischen Diskussionen über
die Rettung der Ratte noch standhalten kann.
Meine Intention des Projekts heißt ja nicht:
In elf Tagen töte ich eine Ratte!
Es kann gut sein, dass ich das Projekt Mitte der Woche ab-
brechen werde."
Brad geht kaum darauf ein, er ist zu sehr mit der Stabili-
sierung des Server beschäftigt.
Inzwischen hat sich die Zahl der Wartenden im Waffen-
controller auf über dreihundert Spieler erhöht.

Tag 5
Sonntag, 15.März

Am Abend um 20.38 Uhr bittet eine englische Zeitung um Fotos der Installation.
Am Abend twittere ich:
#11days, do you accept targeted killing as Gamification and the consequence of total surveillance? this #rat can save 1000´s of human #lives

Mdhater antwortet:
@Mdhater
@FlorianMehnert pathetic attention whore

Tag 6
Montag, 16. März

Gegen 2 Uhr in der Nacht klingelt mein privates Festnetz-
telefon. Es muss länger geklingelt haben, denn es dauert
eine Weile bis ich das Geräusch aus meinem Schlaf heraus
als real identifiziere.

Noch schlaftrunken überlege ich, wer um diese Uhrzeit
anrufen könnte.

Ich liege im Bett und lausche dem Klingelton.

Mir wird unheimlich zumute.

Da es immer weiter klingelt, beschließe ich das Telefon zu
suchen. Ich muss erst eine Etage tiefer gehen und finde es
auf einer Kommode liegend.

Als ich abnehme, lausche ich dem Rauschen.

Ich rufe ein paar mal pflichtbewusst „Hallo" in die Stille
und lege dann auf. Daraufhin schalte ich das Telefon aus
und falle nach einiger Zeit in einen unruhigen, oberflächlichen Schlaf.

Ich wache um 3.04 Uhr wieder auf und kann meine Gedanken nicht mehr beruhigen.

Ich fühle mich einsam und habe das dringende Bedürfnis,
mit jemanden zu sprechen.

Nur Brad in Texas ist um diese Uhrzeit vielleicht erreichbar. Ich setzte mich an mein Laptop und öffne unseren ge-

meinsamen Google Hangout:

Ich: „Brad bist du da?“

Brad: „Hey“

Ich: „Hey“

Brad: „Ich war gerade online, um sicher zugehen, dass der Webserver läuft… denkst du darüber nach, das Projekt zu stoppen?“

Ich: „Ja, ich bekomme zu viele E-Mails von Menschen, die mir den Tod wünschen, Morddrohungen und andere Formen von Aggressivität“

Brad: „Das ist verrückt, tut mir leid…bist du besorgt?“

Ich: „Ja, auch um meine Familie“

Brad: „Verstehe ich… es ist wirklich verrückt (und auch ironisch), dass die Leute so etwas tun würden, aber natürlich kannst du nicht riskieren deine Familie dem auszusetzen“

Ich: „Es ist schwierig für mich zu beurteilen, wie ernsthaft all diese Aggressivität ist. Aber es reicht, wenn es nur einen Verdrückten gibt…“

Brad: „Ja, wenn du denkst, es könnte zum Problem werden…“

Ich: „Die Reaktionen stehen unproportional zu der Realität. Die Vielzahl der an mich persönlich gerichteten E-Mails, die ganzen Kommentare in den Blogs, der Medien und in den sozialen Netzwerken zeigen, dass eine Menge Leute mehr erzürnt über den möglichen Tod der Ratte sind, als darüber, dass sie ihre Privatheit und ihre Freiheit durch die totale Überwachung verlieren… vor allem die Aggressivität gegen mich persönlich wird schwierig für mich…“

Brad: „Ich weiß ... es ist dumm ... und ironisch... dass sie alle mit Gewalt drohen ...denkst du wirklich, dass es manche von denen ernst meinen?"

Ich: „Ich weiß es nicht, Brad ...es gibt durchgeknallte Leute da draußen. Islamische Terroristen haben in Paris schon Karikaturisten ermordet... vielleicht sind da Leute, die das Experiment einfach als Plattform für ihre extreme Aggressivität nutzen."

Brad: „Nun, es ist es nicht wert, dass du dein Leben oder deine Sicherheit aufs Spiel setzt... du könntest etwas über die Intention deines Projekts schreiben, oder wie erfolgreich es ist, du kannst auf all die wichtigen Aspekte hinweisen... aber ich denke nicht, dass du das Projekt aufgrund der Reaktionen oder Drohungen beenden solltest."

Ich: „Nein, wenn ich das Projekt beende, dann werde ich eine Erklärung dazu abgeben, aber du hast recht, ich sollte das Projekt nicht wegen der Drohungen beenden."

Brad: „Du könntest das Projekt auch beschleunigen, sodass die Leute sehen können, dass am Ende die Ratte nicht sterben wird."

Ich: „Ja, das ist eine Idee. Aber hinsichtlich der ganzen Aggressivität und zahllosen Kommentare, ist es, glaube ich, nicht gut, den Leuten am Ende wirkliches Shooting-Szenario zu ermöglichen. Es könnte missverstanden werden."

Brad: „Yeah, keine Schießereien ... du solltest der Ratte einen Namen geben und T-Shirts drucken lassen, auf denen steht - Ich habe die Ratte gerettet - haha, ;-) "

Ich: „Weißt du, vor einer Stunde hat das Telefon geklingelt und als ich abnahm hat niemand geantwortet, das war wirklich gruselig. Wir müssen das vorzeitige Ende des

Projekts planen, Brad. Ich will nicht voreilig handeln ...

Brad: „ugh, ja"

Ich: „Aber ich denke tatsächlich, dass das Projekt sein Ziel erreicht hat und ich sollte es zeitnah beenden."

Brad: „ok"

Ich: „Ohnehin werden die Diskussionen nicht gleich abflauen...Wir werden am Ende „game over" in das counterscript (anstelle des Countdowns) schreiben. Wir sollten den Livestream offen lassen und nur die Waffenfunktion deaktivieren."

Brad: „ja, gut...die Tierschützer sehen auf diese Weise, dass die Ratte ok ist."

Ich: „Sicher, ich werde mitteilen, dass es nie vorgesehen war die Möglichkeiten des Schießens auf die Ratte zu eröffnen."

Brad: „Die Leute realisieren nicht, dass sie die Ratte sind, ‚LOL' :-))..."

Ich: „JA!!! LOL, vielleicht sollten wir nur die leere Box zeigen und die Ratte als Objekt der Misshandlung herausnehmen..."

Brad: „Mach vorher ein schönes Foto von dir und der Ratte!"

Du könntest auch Pappkameraden aufhängen und die Leute darauf schießen lassen, das wäre lustig, haha..."

Ich: „Haha, du meinst, ich soll ein Foto von mir und der Ratte machen, um mein Image wieder aufzupolieren, und die Sympathie der Leute zurückzugewinnen?"

Brad: „Ja, vielleicht, LOL...ja, das könnte funktionieren und wir könnten die Kampagne ‚Rettet die Papierkameraden' starten, LOL, haha ..."

60

Ich: „Ja, viele der Leute sind neugierig, ob die Waffe wirklich funktioniert, aber wie ich schon erwähnte, es könnte von einem großen Teil des Publikums missverstanden werden."

Brad: „Na, ich bin sicher, dass die Leute sehr überzeugt davon sind, dass die Waffe funktioniert"

Ich: „ja, definitiv"

Brad: „Ich mache gerade ein paar Aufzeichnungen des Livestreams... die Ratte ist draußen und aktiv.

Ich lade sie auf den Server, perfekte Bilder ...!

Ich hoffe, wir kriegen auch ein paar gute Bilder vom Ende ..."

Ich: „Ja, aber wie die Stimmung ist, können wir die Leute am Ende nicht schießen lassen. Ich werde noch weiter über ein gutes, vorzeitiges Ende nachdenken."

Brad: „Gut!"

Ich: „Brad, ich danke dir sehr, du hast mir sehr geholfen, mich etwas zu beruhigen und zu der Erkenntnis zu kommen, dass das vorzeitige Ende gut geplant sein muss"

Brad: „Kein Problem, aah Florian, jemand schlägt wieder auf den Server ein und versucht ihn zu crashen..."

Ich: „schon wieder! :-("

Brad: „Ich werde einen Neustart durchführen"

Ich: „Ok, danke"

„Ich denke, ich sollte noch ein bisschen versuchen zu schlafen. Es bleiben mir noch drei Stunden, bis ich wieder rausmuss ..."

Brad: „Aha, ok, ich trinke immer ein Glas Wein bevor ich schlafen gehe, haha, schau mal die Ratte klettert auf den Waffenlauf und schaut in die Kamera ... ich habe es aufgenommen ...die Webseite ist mal wieder ziemlich langsam gerade ...

Aber, hey, entschuldige, du musst schlafen!"

Ich: „Ja, ich denke, ich plane das Ende Dienstag oder Mittwoch"

Brad: „Ok, klingt gut"

Ich: „Also ich springe mal wieder zurück in mein Bett, wir sprechen und morgen, ok?"

Brad: „ok, gute Nacht!"

Um 8.50 Uhr am Montagmorgen schreibt der Provider:
„Bitte überprüfen Sie Ihren Server auf seine Auslastung und das Überschreiten der gesetzten Limits. Hilfreich sind hierzu die Ausgaben der beiden Shell-Befehle ‚top -bcn 1|head -n 15' und ‚cat /proc/user_beancounters'
Besonders der Parameter wird sehr häufig überschritten. tcpsndbuf - Gesamtgröße der Puffer für das Senden von Daten über TCP-Netzwerkverbindungen.
Der Parameter tcpsndbuf hängt von der Anzahl der TCP-Sockets (numtcpsock) ab und sollte die Zuordnung eines minimalen Pufferspeichers für jeden Socket ermöglichen..."
Um 9 Uhr habe ich ein Interview mit einem Kölner Sender um 11.30 Uhr ein weiteres mit einem Kultursender.
Danach mit dem Fernsehen.
Die TV Abteilung einer Nachrichtenagentur bittet um einen Drehtermin.
Um 14.30 Uhr kommt ein französisches Fernsehteam. Überschneidend mit dem Team hat sich noch ein Reporter des Schweizer Kulturradios angemeldet. Er kommt

gegen 13 Uhr und bleibt länger. Ich mache mit ihm ein Interview im Reportagestil, während ich mit den Kameraleuten den Dreh bespreche.

Der Schweizer Reporter ist sehr sympathisch.

Er merkt mir meine Anstrengung an.

Ich bin offen und spreche über die Drohungen, meine Sorgen, darüber, wie sehr sich der Fokus auf die Rettung der Ratte richtet. Es ist einer der wenigen Momente, in denen ich etwas Zeit zur Reflexion finde.

Es entwickelt sich ein persönliches, zwischenmenschliches Gespräch. Ich suche das Gespräch auch.

Ich sehne mich nach einem Austausch.

Finde kaum Gelegenheit, über meine Gedanken zu sprechen. Warum liegt der Fokus so sehr auf er Ratte?

Mir erscheinen die Reaktionen zeitweilig übertrieben, manche geradezu wahnsinnig. Verstehen die Menschen da draußen meine Intention wirklich nicht?

Oder wollen sie das Projekt nicht verstehen. Ist die Parallelsituation, die meine Installation herstellt, nicht überdeutlich? Ist es so schwer zu realisieren, dass die Ratte als Platzhalter fungiert? Als emotionale Identifikation. Als Auslöser von Aufmerksamkeit. Jeder kann den klaren Aufbau und die Funktionsweise der Installation verstehen.

Das `11 TAGE´-Projekt hat in seinem Aufbau eine Parallelsituation zur Wirklichkeit der Drohneneinsätze geschaffen. Ist es das, was die Menschen so berührt?

Suchen sie einen Ausweg aus der Ausweglosigkeit der Realität? Ich stelle dem Reporter meine Fragen und er antwortet: „Sie haben mit ihrem Projekt, die Thematik so sehr auf den Punkt getroffen, dass manche Menschen damit einfach überfordert sind. Seien sie stolz auf sich, sie leisten Großartiges."

Ich empfinde keinen Stolz. Meine Gedanken machen mich schlaflos, und ich stehe unter großem Druck.

Gegen 12 Uhr erhalte ich einen Anruf von dem Internet Provider. Ein Mitarbeiter teilt mir mit, dass er die Aufgabe hätte mich darüber zu informieren, dass nun mein Cloud-Server auf dem das Projekt `11 TAGE´ läuft, abgeschaltet würde.

Auf meine Rückfrage weshalb, erklärt er mir kurz, dass mein Projekt gegen die AGB der Firma verstoßen würde und außerdem sittenwidrig sei.

Ich insistiere und rufe in das Telefon, dass das so nicht ginge und dass sie nicht das Recht hätten, einfach meinen Server abzuschalten. Der Mitarbeiter antwortet, dass dies nicht seine Entscheidung sei. Seine Aufgabe sei es, mir dies mitzuteilen.

Ich wähle daraufhin die Nummer meines befreundeten Anwalts, der auch sofort erreichbar ist. Er verspricht mir, sich zu bemühen eine Abschaltung zu verhindern. Zwischen weiteren Interviews ruft er mich eine Stunde später zurück.

Er hat eine eidesstattliche Erklärung aufgesetzt, die ich per E-Mail an den Provider schicken möge. Er hat dort erfolgreich intervenieren können. Der Server bleibt daraufhin online.

Wenig später erscheint ein mir bisher unbekannter Dorfbewohner vor meinem Gartentor. Er überreicht mir selbst hergestellten frischen Apfelsaft. Wir sprechen nur kurz. Der sympathische freundliche Mann drückt seinen tiefen

Respekt vor meinem Projekt aus und wünscht mir weiterhin viel Kraft.

Ich freue mich sehr über diese persönliche, mutmachende Geste. Der Apfelsaft schmeckt erfrischend.

Im Briefkasten finde ich eine Postkarte.

Die Karte kommt von einem Ehepaar aus dem Dorf. Vorne zeigt die Karte ein idyllisches Motiv mit Kühen auf der Wiese. Im Hintergrund sieht man Weinberge in der Sonne.

„Wir finden ihre Aktion `11 TAGE´ gut und mutig. Die Reaktionen im Internet zum Davonlaufen! Nur wohin?"

Mit dem französischen Kamerateam drehe ich im Atelier, direkt vor der Installation. Mit dem Reporter spreche ich deutsch, mein Ton wird später für das französische Fernsehen übersetzt.

In einem weiteren Radiointerview erkläre ich wiederholt meine Intention.

Die Reporterin hat mich dafür persönlich aufgesucht und wir sitzen uns bei einem Kaffee zugewandt auf einem Sofa und blicken ab und zu den Innenhof.

Ich spreche in dem Interview über die Kultur einer gezielten Tötung. Auch darüber, dass Deutschland den Einsatz amerikanischer bewaffneter Drohnen aktiv durch die Übertragung von Videodaten unterstützt. Ich erkläre, dass das `11 TAGE´ Experiment die Inszenierung darüber ist, was der Drohneneinsatz tatsächlich ist. Ich stelle die Frage: „Wollen wir die gezielte Tötung durch Drohnen akzeptieren?" Als ich das Interview später höre, kommt darin dann auch ein Sprecher der Staatsanwaltschaft zu Wort:

„Ein Verstoß gegen das Tierschutzgesetz liegt noch nicht vor. Dies ist erst beim Töten des Tieres der Fall." Zunächst sei auch der verantwortlich, der geschossen hat. Bezüglich des Künstlers sei die Anstiftung zur Straftat zu prüfen. Dafür müsse aber seitens des Künstlers der Vorsatz zur Tötung der Ratte vorhanden sein.

Ich sage im Interview:

„Das Ziel des Kunstprojekts `11 TAGE´ ist es definitiv nicht, eine Ratte zu töten. Es scheint so zu sein, dass die Empörung über den möglichen Tod einer Ratte größer ist, als die Empörung über die tatsächliche Tötungsrealität der bewaffneten Drohnen."

Gegenüber der Reporterin lasse ich abstrakt durchblicken, dass ich möglicherweise ein vorzeitiges Ende des Projekts in Erwägung ziehe.

Die Reporterin kommentiert später im Radio:

„Vielleicht siegt am Ende die Laborratte".

„Wir werden sehen, was am Ende mit der Ratte passiert.", lautet mein O-Ton, den die Reporterin als letzten Satz in das Interview geschnitten hat.

Am frühen Montagabend gegen 18.30 Uhr beschließe ich zur örtlichen Polizei zu gehen, um Personen- und Objektschutz zu beantragen.

Ich durchforste meine E-Mails nach Drohungen und Morddrohungen und drucke sie aus. Ich kann nichts zu Abend essen und trinke nur Wasser und Kaffee.

Durch die Vielzahl der Drohungen fühle ich mich nicht mehr sicher. Jeder Gang aus dem Haus zu meinem Atelier, führt dazu, dass ich mich beobachtet fühle und mich erst nach allen Seiten umsehe. Das gegenüberliegende Gasthaus würde sich hervorragend als Beobachtungsposten eignen. Einige Zimmer haben Fenster, aus denen man gut meinen Innenhof einsehen kann.

Wenn es dunkel wird, halte ich mich ungern in der Nähe meiner Fenster auf. Ich fantasiere, jemand könnte von der Straße aus durch ein Fenster auf mich schießen.

Ich beginne unter Angstvorstellungen zu leiden, in denen jemand nachts in mein Haus eindringt und mich mit einer Waffe in der Hand an meinem Bett stehend weckt.

Stelle mir vor, wie mir jemand in einem Auto sitzend auflauert. In dem Moment, in dem ich das Haus verlasse und auf die Straße trete, startet er heulend den Motor und gibt Vollgas. Das Auto rast auf mich zu und versucht mich zu töten.

Viele der an mich gerichteten Drohungen werden nicht ernst sein. Manche kommen aus England, Amerika oder anderen weiter entfernten Ländern.

Viele aber auch aus dem deutschsprachigen Raum.

Reicht am Ende ein Fanatiker?

Nur ein einziger, der seine Drohung umsetzt. Vielleicht jemand, der spontan handelt, der es gar nicht vorher angekündigt. Vielleicht ein stiller Fanatiker, der das Projekt und die Reaktionen darauf von Anfang an aufmerksam verfolgt?

Der sich immer mehr von der Stimmung anheizen lässt.

Der sich nicht die Blöße einer Drohung gibt oder der nicht die Dummheit besitzt, vor seiner geplanten Tat zu warnen und mir zu drohen.

Vielleicht ein Schweigender, in dem die Wut über Tage hochkocht, der seinen Auftritt im Verborgenen plant. Der all die aufgeregten oder aggressiven Kommentare in den sozialen Medien wachsam verfolgt und sich selbst daran gar nicht beteiligt.

Einer, der zur Tat schreitet und nicht daherredet.

Einer, der sich in aller Ruhe zu mir aufmacht.

Mit meinen Ausdrucken in der Hand betrete ich die örtliche Polizeistation. Ich trete vor eine Art Bankschalter mit dicker Glasscheibe und Sprechanlage in einem gesicherten Vorraum.

Niemand ist da.

Man kann durch die Scheibe in den Raum die Schreibtische, Computer und Regale sehen.

Ich klingele.

Es öffnet sich eine Türe zu einem Nebenraum und zwei Beamte betreten das große Büro mit der schalterartigen Scheibe, an der ich stehe. Ein Mann mittleren Alters registriert mich und bewegt sich in meine Richtung. Am Schalter angekommen, begrüßt er mich zurückhaltend. Ich nenne meinen Namen und teile ihm mit, dass ich Personenschutz beantragen möchte.

Er mustert mich eine kurze Weile und wendet sich daraufhin seinem Arbeitskollegen zu, mit dem er zuvor den Raum betreten hat. Er geht ein paar Schritte vom Schalter weg bis zu seinem Tisch, an dem der Kollege zwischenzeitlich Platz genommen hat.

Er beugt sich nah zu seinem Kollegen hin. Die beiden scheinen sich zu besprechen.

Ich kann nicht hören worüber, denn durch die dicke hermetisch abgeschlossene Glasscheibe dringt kein Schall.

Ich beobachte das Gespräch der beiden Beamten, in dem

es meiner Vermutung nach darum zu gehen scheint, wer nun für mich zuständig sein soll. Der sitzende Polizist wendet den Kopf und sieht zu mir herüber. Kurz darauf steht dieser auf, kommt zu mir an die Scheibe. Er teilt mir mit, dass ich mich hinsetzen und bitte warten möge.

Ich setzte mich gegenüber der Scheibe auf einen der dort stehend Stühle an die Wand und warte.

Es vergeht eine gute Viertelstunde, in der ich die Gelegenheit habe den kleinen Vorraum zu studieren.

Mir gegenüber hängen die üblichen Fahndungsplakate, auf denen man gesuchte Verbrecher auf Schwarz-Weiß-Fotos sehen kann. Die Gestaltung dieser Plakate kenne ich seit meiner Kindheit, als man RAF Terroristen suchte. Das Design scheint sich all die Jahre nicht verändert zu haben. Häufig wird eine rote, fette Schrift verwendet. Dann immer dieselbe rasterhafte Aneinanderreihung von schwarz-weißen Gesichtern, die frontal ausdruckslos in die Kamera blicken. Die Fotografien wirken wie aus den sechziger oder siebziger Jahren. Die Frisuren und Schnurrbärte sind nicht zeitgemäß. Ich frage mich, wer diese Gesichter studiert, wer sie sich so einprägt, oder sie so einprägsam findet, dass er in der Lage ist, einen dieser Menschen irgendwo im Supermarkt oder auf der Straße tatsächlich wiederzuerkennen.

Mein Blick fällt auf weitere Poster, auf denen die verschiedenen polizeilichen Wappen wichtiger erscheinen als die Botschaften selbst.

Präventiver Schutz vor Einbruch im Haus oder ein Fahrradkurs für Kinder im Straßenverkehr.

Der Metallstuhl wird unbequem.

Endlich öffnet sich eine Sicherheitstüre zu meiner linken Seite. Der jüngere Polizist fordert mich auf, ihm zu folgen. Wir durchqueren durch eine weitere Türe den großen Raum mit dem Glasschalter und steuern auf eine weitere Nebentüre zu. Der Beamte öffnet die Türe und bittet mich einzutreten. Ich werde dort von einem anderen jungen schlanken Mann in Uniform ohne Jacke empfangen. Der Raum ist kleiner und mit wandfüllenden dunklen holzfurnierten Schränken bestückt. Er fasst gerade die beiden übertrieben großen schweren Schreibtische, auf denen Computerbildschirme stehen.

Mir fallen die dunkelgrünen Gummischreibunterlagen auf. Der Mann bittet mich, an der Seite eines der Tische, mit dem Rücken zu Türe Platz zu nehmen. Er rollt dafür den Bürostuhl von dem anderen Arbeitsplatz heran.

Er selbst setzt sich an den Arbeitsplatz und wendet sich mir zu. Die Sitzordnung wirkt auf mich seltsam improvisiert. Ich sitze und fühle mich dabei deplatziert.

Ich versuche das Alter des jungen blonden Polizisten einzuschätzen. Vielleicht 28, möglicherweise wenig über 30 Jahre. Er ist gepflegt, nicht sehr groß. Ich übergebe ihm meinen Papierstapel ausgedruckter Drohungen, beginne das Gespräch mit meinem Anliegen und erkläre ihm, wie es dazu gekommen ist. Er lässt mich aussprechen und taxiert mich dabei aufmerksam. Ich gewinne während meiner Schilderung den Eindruck, dass er mich als Person unsympathisch findet und mein Projekt obendrein missbilligt.

Widerwillig beginnt er den Stapel an Ausdrucken zu überfliegen. Er sortiert meine Ausdrucke nach „Wünschen",

wie er es ausdrückt und nach wirklichen Drohungen:
„Get hit by a bus, you deserve to be shot in the head."
ist zum Beispiel die Äußerung eines Wunsches.

„Wir haben auch ein schönes Spiel erfunden: Wer Dir kräftig in die Schnauze schlägt, bekommt 100 €. Wer Dir Deine Knochen bricht, bekommt 200 € und wer dir Dein beschissenes Gehirn raus prügelt, bekommt 700 € ! Wir kriegen Dich, Du Tierschänder !!!"

per E-Mail geschrieben von jemandem der sich Tierfreund nennt.

Das ist eine Straftat.

Mein Erscheinen scheint ihn nicht zu überraschen. Auf seinem Schreibtisch liegt ein zurechtgelegter Stapel Papier, den er kurz durchsieht und sich daraufhin wieder mir zuwendet. Es gelingt dem Polizisten nicht zu verbergen, dass er über meinen Fall bereits im Bilde ist und dass ihm die Sache nicht gefällt.

Ich versuche das Gespräch wieder aufzunehmen und erkläre, dass ich mich nicht mehr sicher fühlen würde.

Ich wolle nicht übertreiben, da ich ja nicht in der Lage sei, einzuschätzen, wie ernst die Drohungen zu nehmen wären. Um nicht peinlich überängstlich zu wirken, versuche ich, meine Situation zu relativieren.

Der Polizist nimmt keine weitere Stellung zu meiner Schilderung und geht darauf auch nicht ein. Stattdessen beginnt er mir ausführlich die verschiedenen Stufen des Personenschutzes zu erklären.

Außerdem erläutert er daraufhin, dass er selbst keinen Einfluss auf die Entscheidung habe, ob und wann ein Personenschutz gewährt würde. Dieser müsste beantragt werden, und es werde dann von anderer höherer Stelle darüber entschieden.

Ich zeige mich verständnisvoll, aber erläutere nochmals ausführlicher meine Situation. Irgendetwas scheint sich in ihm zu bewegen. Er zieht einen Schreibblock herbei und beginnt mich, routiniert über meine täglichen Gewohnheiten zu befragen. Meine Antworten notiert er auf seinem Block. Daraufhin zieht er ein Formular aus einer Schublade und füllt es handschriftlich aus. Während er mich aufklärt, überreicht er mir das Papier. Es ist ein Formular für eine Strafanzeige gegen Unbekannt.

Ich könne offen lassen, ob ich binnen einer Frist von ein paar Wochen entscheiden möchte, die Mord- und Gewaltandroher zur Anzeige zu bringen oder nicht.

Es erscheint mir sinnvoll, mögliche polizeiliche Anzeigen auf einen späteren Zeitpunkt zu verschieben. Ich unterschreibe, mit dem Gedanken im Hinterkopf, dass das Internet kein rechtsfreier Raum sein darf.[4]

Er behält meine Ausdrucke und legt sie zu seinem Stapel anderer Papiere. Der Polizist verschweigt, wie umfassend er zu diesem Zeitpunkt durch die zahlreichen eingegangen Anzeigen und durch die Staatsanwaltschaft selbst, über meine Situation informiert ist. Das Landeskriminalamt begonnen hat eine Akte über mich anzulegen.

Der blonde Polizist dreht sich auf seinem Stuhl zu mir und betrachtet mich emotionslos. Dann aber verspricht mir, als Schutzmaßnahme zumindest in der Nacht die allgemeine Polizeistreife an meinem Haus vorbeizuschicken.

Um 20.59 Uhr schreibt Berthold aus Dortmund:

„Sehr geehrter Herr Mehnert,

ich beglückwünsche Sie zu Ihrem Projekt 11 Tage. Welch eine grandiose Idee! Noch plastischer kann man es nicht darstellen.

PS: Vermutlich wird am Stichtag der Server zusammenbrechen ;)"

Um 21.03 Uhr schreibt Mark L. in einer E-Mail an mich:

„Hallo Blödmann,

ich gehöre zu denen, die von Deiner unsäglichen Aktion erfahren haben und sich freuen, wenn statt der Ratte DU abgeschossen wirst.

Terroristen hat die Welt genug, keiner braucht Deine Pseudokunst.

Du bist nicht nur ein irrer Psychopath, Du bist zudem gefährlich, weil Du unter dem Deckmantel der Kunst zu Gewalt aufrufst.

Kein Mensch redet über Drohnen bzgl. Deines Projekts. Alle reden nur von dem geisteskranken Tierquäler, der zu feige ist, sich selber in den Kasten zu setzen.

Lass die Ratte frei und der Menschheit endlich Frieden. Du trägst nur dazu bei, die Welt noch aggressiver zu machen. Ansonsten leider zu nichts zu gebrauchen.

Mark L."

Um 23:15 Uhr twittert Mdhater

@Mdhater

@FlorianMehnert hopefully you're one taken out. Limp dick goof.

Tag 7
Dienstag, 17.März

00.16 Uhr
@Mdhater twittert:
@FlorianMehnert someone's going to end your ignorance

Gegen 3.20 Uhr in der Nacht wache ich auf und kann nicht mehr einschlafen. Ich spüre, wie die negative Wucht des Shitstorms und der unzähligen Drohungen über mir zusammenschlägt.
Ich bin nicht mehr in der Lage die Situation weiter zu verdrängen. Ich stehe auf und wandere durch das Haus.
Es scheint ungewöhnlich helles Licht draußen.
Den Innenhof und das Atelier lasse ich die ganze Nacht über hell beleuchtet. Es sieht romantisch aus, aber der Grund meiner nächtlichen Beleuchtung ist Angst.
Ich gehe zu meinem Laptop und lese weitere E-Mails.

Jemand schreib per E-Mail:
`11 TAGE´: Bitte schalten Sie doch zumindest nachts die Beleuchtung aus! Artgenossen wären auch gut.
So ist es Folter!!"

Andreas schreibt:

„Lassen Sie es bleiben! Es ist schließlich ein Leben, welches Sie mit ihrem bizarren Kunstprojekt auslöschen möchten. Sie haben ein Recht darauf, auf Ihre Dinge aufmerksam zu machen ... aber bitte nicht so. Das sage ich nicht als Tierschützer, sondern als normal denkender Mensch, der noch einen Kern Hoffnung hat...“

Ein Absender mit russischer E-Mail-Adresse teilt mit:

"Ich äußere Dir die Nichtachtung, weil Dein Kunstprojekt eine Wildheit und die Barbarei ist. Es ist schade, dass sich der Nachkomme des großen deutschen Volkes mit dem ähnlichen Unsinn beschäftigt, die Idee der Kunst diskreditierend.“

Und Lisa aus Cazadero, CA USA:

„What you are doing is abhorrent. Only monsters that like to kill will respond; do Not give them more of a venue to torture and cause pain than they already have. Stop this project now. Find another way to make your point about drones.“

Ein Mann aus Köln kommentiert um 5.45 Uhr:

„Sie wollen mit töten auf töten aufmerksam machen?
Welch krankhafte Denke hat sich da in ihrem geisteskranken Hirn verselbstständigt!
Machen Sie sich mal lieber Gedanken, ob das Internet nicht sie bald tötet!
Bleibt nur zu hoffen, dass es dann kein Massaker geben wird, sie sollten schon schön langsam zugrunde gehen

(natürlich, alles im Namen der Aufmerksamkeit!).

Sie schimpfen sich Künstler?

Soll ich sie mal (be)suchen kommen, um meine kreative Ader an ihnen auslassen?

Jeder kleine Pisser kann eine Ratte in einen Käfig einsperren und solch eine Webseite erstellen.

Bilden Sie sich nicht ein, dass sie jetzt was ganz Tolles wären. Denn ihr handeln belegt das absolute Gegenteil.

Dabei spielt es nicht einmal eine Rolle, ob es so weit kommen wird oder nicht, allein die Tatsache, dass sie erbärmlicher Witz, Drohnen vorschieben, um sich selbst ins Gespräch zu bringen zeigt, dass sie nur ein elender Haufen Scheiße sind.

Glauben Sie mir: ICH WÜRDE LIEBER DEN HAUFEN SCHEIßE FRESSEN ALS IHNEN MEINE HAND ZU REICHEN!

Warum hocken sie sich eigentlich nicht im Käfig?

Sie sind doch nur ein erbärmlicher Feigling mit Drang zur Selbstdarstellung, zu mehr reicht es für einen Drecksmenschen wie sie es sind nämlich nicht.

Töten Drohnen, Ratten oder Menschen? Wer erfindet diese feige Mordwaffe und setzt sie dann ein?

Sollte man dann nicht auch einen Menschen dafür verwenden (JA, „verwenden" - um es ihnen gleichzutun -)!

Der Genauigkeit zur Liebe sollte das dann ein US-Amerikaner sein (Agent, Söldner, Soldat, Politiker …), dort findet sich solch menschlicher Abschaum ja zu Genüge.

Aber für richtige Kritik und aktiven handeln sind sie eh nicht zu haben, sie verstecken sich lieber hinter der sogenannten „Kunst".

Alternativ kann ich ihnen auch anbieten, dass man ihnen den Kopf abschneidet, um auf die Enthauptungen aufmerksam zu machen.

Oder sie verbrennen eine schwangere 19-Jährige bei lebendigem Leibe (sie können auch gerne eine 16-jährige nehmen oder auch Jungen - heute muss man das ja sagen -).

Zusätzlich möchte ich gerne mal auf die sogenannten Komatreter aufmerksam machen, kann ich da mit ihrem Kopf rechnen so rein als Zielscheibe?

Irgendwo muss ich ja gegen treten, natürlich alles im Deckmantel des künstlerischen Schaffens inkl. Livestreams zum Ansagen wo und wie feste ich treten soll.

TOLLE IDEE, oder nicht? <-- muss ich jetzt mit ihrem Anwalt rechnen, sie wissen schon „Geistiges Eigentum" ...

Mögen sie in der Hölle verbrennen, aber machen sie sich keine Hoffnung, die Ratte wird ihnen dort mit absoluter Sicherheit nicht über den Weg laufen.

Ich hoffe, dass ich von ihnen und ihresgleichen zukünftig verschont bleibe.

Mögen sie ein qualvolles Ende erleiden, ich BITTE und HOFFE es! ...

Sidney schreibt per email
"How dare you?!
MANY PEOPLE HAVE A HEART! AND YOU ARE A SADISTIC MAN WHO HAS NO ARTISTIC SKILLS! KILLING RATS ISNT A FORM OF ART AT ALL! IF YOU LOVED THE RAT INSTEAD OF KILLING IT, YOU WOULD UNDERSTAND WHY I DON'T SUPPORT YOUR IDEA! I DONT UNDERSTAND

WHY PEOPLE LIKE YOU HAVE TO SHOW THE MONSTER
INSIDE! MANY CHOOSE TO HIDE IT! YOU AND ALL THE
OTHER SADISTIC PEOPLE IN THIS WORLD SHOULD BE
ASHAMED, FUCK YOU AND YOUR „ART" YOU KNOW NOT
WHAT FUCKING ART IS!!!"

Annette K.:
„In einer Welt wo auf Rad fahrende Kinder, spazieren-
de Leute oder auf Hunde im eigenen Garten geschossen
wird, fördern sie noch unsere kranke Gesellschaft, in-
dem sie sich daran ergötzen wie eine Ratte hingerichtet
wird????
Einfach nur krank !!!!
DAS hat mit Kunst nichts zu tun, aber anscheinend haben
sie sonst keine Möglichkeit ins Gespräch zu kommen und
die einzige Chance für sie ist sich an unsere kranke Gesellschaft anzupassen !!!!
Bedauernswert .....was ist aus unserer schönen Welt ge-
worden!?"
Annette K.

Jackie aus Australien:
„YOU are a waste of space. Art is not about teaching people to kill. Isn't there enough misery in the world without
you adding to it. Get a life."

Dr. B:
11 days - Verstoß gegen das Tierschutzgesetz
„Sehr geehrter Herr Mehnert,
das Töten eines Wirbeltieres zu künstlerischen Zwecken

ist verboten. Es handelt sich hierbei um den Verstoß gegen §17 Abs. 1 TierSchG. Daher möchten wir vom Verein [...] Sie nachdrücklich darum bitten, das Projekt 11 days umgehend zu beenden und von der Homepage zu nehmen. Wir werden auch die zuständigen Behörden einschalten."

Nick aus der Schweiz:
„Sorry Florian, was bist Du nur für ein perverses A******* so was mit der Ratte zu machen, Dich sollte man in diesen Käfig stecken!"

Angelika E.:
„Sehr geehrter Herrn Mehnert,
ich habe im Internet von Ihrem fragwürdigen Projekt gelesen. Es ist nur zum Kotzen. Ratten sind Lebewesen. Sie fühlen, spüren und denken. Sie sind klug und haben mehr Verstand als mancher Mensch.
Wie kann man so pervers sein? Sie widern mich an. Schlicht und ergreifend. Und ich wünsche Ihnen alles erdenklich schlechte."

Ein User beschert sich via twitter, weil wieder der Server zusammengebrochen ist.
@Soggsti:
Fuck you @FlorianMehnert : Service Temporarily Unavailable.

Ardilla gratuliert:
„Hallo,
ich gratuliere Ihnen zu Ihrer Arbeit .... Ich finde es sehr

gut, dass dieses Thema in die Öffentlichkeit gelangt, denn Hunderte Aufschreie für eine Ratte und fast kein einziger Aufruf gegen die derzeitige Kriegsführung.

Ihr Projekt zeigt eine traurige Spiegelung der derzeitigen sozialen Prozesse.

Ich möchte Ihnen hiermit danken, auch wenn ich die Methodik dennoch hinterfrage, da eine Ratte ein Tier ist, das in Gesellschaft leben sollte. Ich möchte Ihnen hiermit anbieten einen geeigneten Platz für die Ratte zu finden, damit sie nach der Frist ein geeignetes Zuhause finden kann im Gegensatz zu den vielen Opfern, die tatsächlich durch einen Mausklick sterben.

Vielen Dank für Ihre provokanten Arbeiten."

Ich schreibe via twitter:

#11days, do you accept targeted killing as Gamification and the consequence of total surveillance? this #rat can save 1000´s of human #lives

@SMdhater
@FlorianMehnert people are going to find you and kill you and we will all rejoice

@She...Speaks..T
@FlorianMehnert @nytimes you're a fucking piece of shit. Get hit by a bus.

via twitter: @P...
Killing an #animal in the name of Art?!!
Stop #German #Artist @FlorianMehnert now!!

thepetitionsite.com/961/709/766/ki...#Tierschutzpic.twit-
ter.com/3VRTpDqpAw

Am Ende werden 11.851 Menschen aus vielen verschiedenen Ländern diese Petition über „thepetitionsite.com"
unterschrieben haben.

Es wird insgesamt 6 Petitionen mit ca. 35.000 Unterzeich-
nern gegen das Projekt geben.[5]

Menschen aus aller Welt werden mir um die 500 E-Mails
geschrieben haben. Die unzähligen Kommentare in den
Online-Zeitungen, Facebook, twitter und anderen sozialen Netzwerken vermag ich nicht zu beziffern.

Am Dienstagvormittag gebe ich einem weiteren Radiosender ein Interview. Um 11.30 Uhr hat sich ein Fernsehteam
des regionalen Landesfernsehen angekündigt. Gegen
10.30 Uhr läutet die gusseiserne Glocke an meinem Tor.
Ich reagiere. Während meines Weges zu dem blickdichten
Tor sehe ich an den darunter sichtbaren Schuhen, dass
mehrere Personen dahinter warten.

Ich öffne das Tor und stehe drei Herren in Trenchcoats
gegenüber.

Es ist nicht das Kamerateam.

Einer der Herren tritt selbstbewusst und autoritär auf
mich zu: „Herr Mehnert?"

Ich bejahe.

„Wir möchten gerne mit ihnen sprechen", bittet er mit
überzeugter fester Stimme, die keinen Widerspruch duldet. Überrumpelt lasse ich die drei Herren in den Innenhof eintreten. Schweigend gehe ich voraus und bleibe
dann vor der Haustüre zögernd stehen.

Als ich mich umdrehe, ergreift der vermutliche Anführer des Trios erneut das Wort und beginnt sich selbst und seine Begleiter namentlich vorzustellen.

Die Situation entgleitet mir, weil mir in diesem Moment bewusst wird, dass ich es mit einer übergeordneten, mir bisher fremden Form von behördlicher Autorität zu tun bekomme.

Die Männer stehen halbkreisförmig um mich herum und ziehen gleichzeitig ihre Dienstausweise hervor, die sie mir routiniert entgegenstrecken.

Mir gelingt es nicht ihrem Tempo zu folgen und ich betrachte ohne zu lesen nur oberflächlich ihre hingestreckten Ausweise. Als sie diese schon wieder einstecken wollen, insistiere ich und bitte darum, die Ausweise nochmals sehen zu dürfen.

Ich versuche Zeit zu gewinnen, obwohl ich gar nicht weiß wozu. Herrn P., ich schätze ihn Ende 50, übergibt mir als erster wieder seinen Ausweis.

Er ist schlank und etwas größer als ich. Über seinem grauen Anzug trägt er einen offenen beigen Trenchcoat.

Sein Gesicht, wirkt schmal, die dunklen Tränensäcke unter den Augen kontrastieren mit seiner auffallend breiten Nase. Er betrachtet mich mit einem spöttisch süffisanten Zug um seine dünnen Mundwinkel.

Er scheint der Redeführer zu sein.

Ich studiere übertrieben interessiert seinen Ausweis, und lese dort „Leitender Regierungsdirektor/ Dezernent".

Abrupt und leicht ärgerlich reißt er mir seinen Ausweis plötzlich aus der Hand und kommentiert barsch: „So hübsch sind wir auf den Ausweisen nun auch wieder nicht, Herr Mehnert!"

Der andere Mann weist sich als Kriminalhauptkommissar Herr G. aus. Er spricht mit einem leicht schwäbischen Akzent. Ich schätze ihn Anfang sechzig.

Er macht auf mich den erfahrenen Eindruck des alten Hasen. Sein breites rundes Gesicht auf seinem leicht korpulenten untersetzten Körper lächelt mir freundlich väterlich zu.

Der dritte Mann.

Vielleicht Mitte fünfzig, groß, breit und stämmig.

Amtstierarzt Dr. vet. K.

Ich merke ich mir seinen Namen nicht.

Gutmütig folge ich meiner kooperativen Einstellung und frage freundlich, was ich für die Herren tun könne.

Dezernent P. ergreift forsch das Wort:

„Können wir uns mit ihnen in Ruhe unterhalten, Herr Mehnert?"

Ich antworte nicht und blicke unschlüssig durch die Männer hindurch in die Ferne.

Die vielen Interviews der letzten Tage, die kurzen Nächte, der wenige Schlaf, haben mich sehr erschöpft.

Irritiert versuche ich mir einen Reim aus ihrem urplötzlichen Erscheinen zu machen. Ich fühle mich auf einmal kraftlos und dünnhäutig. Etliche Tassen schwarzen Kaffees haben mich in den Morgen katapultiert.

Ich habe mich für heute auf weitere geplante Interviews und auf das Kamerateam eingestellt.

Mich durchwandert der Gedanke, dass ich den urplötzlichen Besuch dieser drei sehr entschlossen wirkenden Beamten eigentlich nicht dulden muss.

Ich bin jedoch nicht fähig, meinen Gedanken in eine konsequente Handlung umzusetzen.

Der Dezernatsleiter P. stört mich in meiner zähflüssigen Unschlüssigkeit:

„Wir möchten uns zunächst gerne ihre Installation ansehen, Herr Mehnert!"

„Natürlich, gern", antworte ich überfahren und versuche mir meine Unsicherheit nicht anmerken zu lassen.

Im Atelier umhüllt mich kalte Luft und ich friere leicht, obwohl die Sonne draußen wärmend scheint. Ich weise auf die Installation, an welche die drei Männer sogleich herantreten.

Argwöhnisch kritische Kommentare brummend umrundet der Amtsveterinär mein von unten beleuchtetes weißes Rattengehege. Ich freue mich über die Atmosphäre der laborartig sterilen Beleuchtung.

Der Kommissar fokussiert derweilen auf die Waffe und kniet sich davor. Ich habe die Waffe mit gelblichem Schaumstoff umkleidet.

Es ist eine Vorkehrung, die ich wegen der Journalisten getroffen habe. Ich will vermeiden, dass in einem Fernsehbericht Informationen über den Waffentyp ersichtlich werden.

Hauptkommissar G. bittet mich, die Waffe freizulegen. Er will eine amtliche Registriernummer ablesen, die irgendwo auf der Waffe eingestanzt sein müsse.

Ich komme seiner Bitte nach, löse einige schwarze Klebebänder und schäle die Waffe vorsichtig aus ihrer Schaumstoffummantelung.

Schnell erkennt der Kommissar, dass es sich um eine

Paintballwaffe handelt. Er spielt seine Rolle meiner Einschätzung nach übertrieben ernst. Weiterhin vor der Waffe kniend bitte er mich ihm zu assistieren, um die Registriernummer zu finden.

Er gibt sich dabei väterlich schwäbelnd:

„Herr Mehnert, ich sehe nicht mehr so gut, könnten sie mir bitte helfen, irgendwo muss auf dieser Waffe eine Nummer eingestanzt sein."

Ich knie mich daraufhin dicht neben ihn und finde die Nummer am Gehäuse an der Seite des Abzugs eingeprägt. Der Kommissar bitte mich, ihm die Nummer vorzulesen. Geduldig, buchstabiere ich, während er auf seinem gezückten Block mitschreibt. Er richtet sich auf und äußert sich unerwartet lautstark:

„Ha, sie können aber von Glück sagen, dass sie keine Druckluft an die Waffe angeschlossen haben und die Waffe nicht geladen ist. Dann wären sie jetzt nämlich dran, Herr Mehnert!" und setzt hinzu:

„Jetzt, muss ich bitte noch die Rechnung der Waffe sehen." Danach will er die Registriernummer und die Waffe fotografieren. Mir fällt erst jetzt auf, dass er eine Kamera in den Händen hält.

Er stellt sich beim Fotografieren der Waffe so ungeschickt an, dass er tollpatschig an die Konstruktion rempelt.

Ich reagiere empört, er möge bitte vorsichtig sein, schließlich sei diese Installation empfindlich und ein Kunstwerk. Er nimmt meine Empörung herablassend kopfschüttelnd zur Kenntnis. Währenddessen schleicht der um Autorität bemühte Dezernatsleiter P., mit auf dem Rücken verschränkten Händen um die Installation herum.

Er bleibt stehen und wendet sich mir zu:

„Herr Mehnert, wir wollen Ihnen helfen."

Ich verstehe nicht, was er damit meint und warte seine Erläuterung ab. „Verstehen sie mich richtig, Herr Mehnert, sie haben mit ihrem Projekt da ziemliche Aufregung erzeugt und es geht uns ja vor allem um ihre Sicherheit."

Ich glaube zu ahnen, worauf er hinaus will.

„Allerdings muss ich Ihnen sagen", sein Tonfall wird ernster „dass wir zwei Positionen innehaben", er macht eine dramaturgische Pause:

„Wissen Sie, wir sind für Sie, aber wir sind auch gegen Sie."

Bedeutungsvoll grinsend blickt er mich an.

Seine offensichtlich zurechtgelegte, widersprüchliche Bemerkung ärgert mich. Sein Gesicht bleibt zu einem leicht spöttischen Grinsen verformt. Seine Augen werden schmaler, was ihm unwillkürlich etwas Unseriöses, Schmieriges verleiht.

Der Amtsveterinär unterbricht und fragt, ob er mal die Ratte sehen könne. Er kann sie nicht sehen, denn die Ratte schläft tagsüber meist in ihrer kleinen Behausung.

Ich trete daraufhin an die Installation heran, greife hinein und hebe das Häuschen, in dem die Ratte ruht, hoch.

Das Tier sitzt in seinem Nest und ist über die Störung überrascht. Die Ratte blickt mit ihrer Schnauze schnuppernd kurz nach oben, bevor sie reflexartig die Flucht ergreift.

Sie versucht nach einem kurzen Orientierungslauf in der Pappröhre Schutz zu finden. Ich hebe die Pappröhre an einer Seite hoch, damit die Ratte auf der anderen Seite wieder herausläuft. Der Veterinär kommentiert überflüssigerweise, dass die Ratte wohl in einem gut ernährten vitalen Zustand sei, obwohl die Haltung nun ja alles andere als artgerecht wäre. Ich ignoriere seine Anspielung.

Stumm betrachte ich das Innere meiner Installation.

Der Boden ist mit handelsüblicher Einstreu aus Sägemehl aus der Tierhandlung bedeckt.

Aus der Box steigt ein Geruch nach frisch gesägtem Holz.

Die Ratte hat es bei ihren Erkundungsgängen unregelmäßig verteilt, sodass das gelblich warme Licht von unten gut durch das milchige Weiß des Bodens leuchtet.

Die Streu ist sauber. Ich habe das Gehege immer wieder von Kot- und Essensresten gereinigt.

Mich überkommt eine Spur von Mitleid für das Tier.

Nicht wegen des Kommentars des Veterinärs, sondern weil ich gezwungen bin, die Ratte in ihrem Schlaf zu stören und ihre Ängstlichkeit und Unruhe zu mir durchdringt.

In mir formt sich der Gedanke, dass sich hier ein unfaires Spiel anbahnt.

Drei gegen Einen.

Der Hauptkommissar meldet sich zurück.

In seiner Aussprache schwingt wieder sein leichter schwäbischer Akzent mit:

„Wissen Sie, Herr Mehnert, es ist ja nicht so, dass wir Ihnen etwas vorwerfen wollen, aber wir müssen halt miteinander reden."

„Uns ist Ihre Sicherheit ein Anliegen, denn Sie sind ja bedroht worden. Sie haben ja auch bei der Polizei um Personenschutz gebeten."

Er spielt die Rolle des väterlichen „Good cop" ziemlich überzeugend.

„Wie gesagt, wir wollen Ihnen helfen." echot es vonseiten des Dezernatsleiters im Trenchcoat, nun mit freundschaftlicher Stimme: „Aber Sie müssen schon mit uns kooperieren." In mir beginnt sich Widerstand zu regen.

Durch das plötzliche Sirren der sich bewegenden Waffe wird die Unterhaltung unterbrochen.

Schweigend beobachten wir gemeinsam die ruckenden Zahnräder der angesteuerten Waffe.

Ich durchdringe die Stille und erkläre, dass sich gerade jemand aus dem Internet eingeloggt hätte.

Der Dezernent P. wendet seinen Blick unbeeindruckt ab und taxiert mich. Plötzlich wird er unerwartet schnell deutlich:

„Herr Mehnert, wir sind der Ansicht, dass Sie das Projekt aus Gründen der Sicherheit zeitnah beenden sollten. Wir wären auch bereit, die Ratte zu übernehmen."

Alle drei Männer beobachten mich unverwandt.

Die ständige Anrede mit meinem Nachnamen nervt mich.

Auch, weil ich mir im Gegenzug die Namen der drei Männer nicht so schnell merken konnte und ich mir die Blöße nicht geben will nochmals nachzufragen.

Ich suche umherblickend nach einer passenden Antwort, aber sie lassen mich nicht zu Wort kommen.

Der Kommissar interveniert:

„Herr Mehnert, Sie haben doch alles erreicht, Sie haben doch die Aufmerksamkeit bekommen, die sie wollten, es reicht doch jetzt mal."

Ich wehre mich und erwidere, dass ich nicht vorhätte, das Projekt zu beenden und will weiter ausholen.

„Herr Mehnert," unterbricht mich der Redeführer P. gereizt, „nun seien Sie doch vernünftig, was wollen Sie denn noch? Machen Sie jetzt keine Schwierigkeiten, wir wollen es Ihnen so leicht wie möglich machen. Wir wollen Ihnen doch nur helfen." Ich fühle mich wie ein Patient in einer Psychiatrie, den Ärzte zur Vernunft bringen wollen.

Er führt weiter aus, dass es sehr viele Beschwerden aus der Bevölkerung gäbe und sie auch die Verpflichtung hätten, sich um das Wohl der Ratte zu kümmern.

Ich werfe spitz ein, dass es der Ratte es doch sehr gut ginge. Sie habe zu fressen, immer frisches Wasser, einen Unterschlupf, sowie eine saubere Kiste!

Die Situation erfährt eine weitere Stufe der Anspannung.

Dezernent P. steigert sich in eine neue Schärfe und laute Direktheit: „Herr Mehnert! Was glauben Sie eigentlich, was bei uns los ist? Unsere Dienststelle wird ohne Unterlass von internationalen Presseanfragen überhäuft.

Wir bekommen ständig Anrufe aus der Bevölkerung. Kamera- und Presseteams lagern vor unserem Gebäude!

Wir sind mit nichts anderem mehr beschäftigt, als Anfragen über Ihr Projekt zu beantworten. Meine Mitarbeiter beschweren sich. So geht das nicht weiter, verstehen Sie das?"

Seine trivial klingende Erläuterung über angebliche Beschwerden seiner Mitarbeitenden belustigt mich.

Ich entschließe mich zu einer weiteren Erklärung auszuholen und führe freimütig aus, dass es schließlich zu keinem Zeitpunkt geplant sei, die Ratte töten zu lassen, dass es aber notwendig sei, dies als Fiktion im Sinne der Zielsetzung des Projekts aufrechtzuerhalten. Ich spüre, dass der Dezernatsleiter weder von meiner Intention noch von meiner tatsächlichen Ehrlichkeit überzeugt ist. Er glaubt mir nicht. Sein Gesicht spiegelt Misstrauen und Skepsis.

Offensichtlich scheint er mir zu unterstellen, dass ich die Waffe am Ende des Countdowns laden will.

Ich fahre fort, dass der Fokus auf die Ratte zugegebenermaßen etwas verrutscht sei. Um weiter abschwächend zu relativieren, erwähne ich, dass sich doch im übrigen tausende von Ratten in den Laboren der Forschung und Pharmaindustrie befänden.

Ganz abgesehen von den unzähligen vergifteten Ratten in den Kanalisationen unsere Städte.

„Ja" bellt der Dezernent P. mir scharf entgegen, „aber die sieht man nicht live im Internet, Herr Mehnert!"

Ich muss grinsen.

Der Dezernatsleiter legt konsequent sachlich nach:

„Wir haben alles vorbereitet, Herr Mehnert, und möchten, dass Sie uns die Ratte jetzt übergeben und das Projekt beenden. Ich muss sie darauf hinweisen, dass Sie dies freiwillig tun, wir nehmen hier keine Beschlagnahmung vor."

Die Situation überfordert mich und ich versuche erneut Zeit zu gewinnen. Ich gebe mich gastfreundlich, biete den Herren einen Kaffee an und verweise auf einen anderen Raum außerhalb des Ateliers, in dem man sich doch in Ruhe setzen könne.

Alle willigen ein, doch nur der Dezernatsleiter möchte einen Kaffee trinken. Wir treten aus dem Atelier heraus und ich delegiere die Männer in ein ebenerdiges Nebengebäude mit verglaster Front. Ich bitte die Herren Platz zu nehmen und gehe wieder hinaus. Der Hauptkommissar verfolgt mich ungefragt über den Hof in die Küche. Wäh-

rend wir in die Küche eintreten wird er plötzlich vertrau-
lich: „Wissen Sie, Herr Mehnert, ich persönlich finde Ihr
Projekt ja ganz super. Schon toll, wie Sie das machen."

Ich bedanke mich gespielt geschmeichelt, nehme ihm dabei seine Ehrlichkeit aber nicht ab. Ich ordne seine Aussage der „Good cop/Bad cop" Strategie zu. „Wie Sie nur auf
eine solche Idee gekommen sind... aber wissen Sie, meine
Ansicht darf hier jetzt nicht zählen und ich dürfte Ihnen
das eigentlich ja auch alles gar nicht sagen."

Ich gieße in zwei Bechertassen Kaffee und suche nach Löf-
feln und Zucker. Der Kommissar folgt mir zurück zu den
wartenden Kollegen.

Gerade habe ich die beiden Tassen Kaffee auf einen nied-
rigen Tisch bei den ungebeten Gästen abgestellt, als das
angemeldete Kamerateam auftaucht.

Es ist der Reporter Markus H., in Begleitung einer mir
unbekannte Reporterin aus Stuttgart, ein Kameramann,
sowie ein Tonmann. Ich kenne Markus aus früheren TV
Berichten, die er über meiner Arbeiten gedreht hat.

Das Fernsehteam steht in der warmen hellen Sonne mit-
ten im Hof. Ich gehe bedrückt auf sie zu, begrüße Markus
und die anderen freundlich, den Hauptkommissar wieder
in meinem Rücken.

Als der Kommissar den vollgepackten Kameramann mit
Fernsehkamera auf der Schulter entdeckt, hält er seine
geöffnete Hand vor die Kamera und ruft:" Keine Bilder
bitte!" und grinst dann zu mir gewendet: „Wissen Sie, ich
bin von Berufs wegen fernsehscheu, gell."

Ich will soeben zu einer Erklärung der Situation ausholen,
als Dezernent P. von hinten angeschossen kommt. Schnel-

len Schrittes, mit wehendem Mantel springt er auf das Kamerateam zu und hebt abwehrend die Hände, während er zu reden beginnt:

„Halt, das Fernsehen können wir hier jetzt nicht gebrauchen!"

Rigoros erklärt er, man wolle hier jetzt keine Kamera und man müsse noch länger mit dem Herrn Mehnert reden.

Ohne weitere Erklärung über seine Person spielt er seine Autorität aus und macht dem Kamerateam unmissverständlich deutlich, dass sie jetzt sofort gehen müssten.

Mit einer Geste der Hilflosigkeit begegne ich dem fragenden Blick Markus.

„Könnt ihr später noch mal kommen?", höre ich mich.

Sichtlich überrascht über die Situation, aber auch interessiert, weil er eine spannende Story wittert:

„Ja klar, kein Problem, wir bleiben hier in der Nähe und kommen später wieder, du kannst mich jederzeit auf dem Handy erreichen".

Einige Augenblicke bleiben der Kameramann und der Tonmann, noch unschlüssig im Hof stehen, als Markus sie mit einer Handbewegung zum Gehen auffordert.

Ich gehe mit den beiden Männern zurück in den Raum mit Blick zum Innenhof, der reduziert mit einem kleinen weißen Sofa und zwei Sesseln, die sich gegenüber stehen, möbliert ist. Bevor ich mich den Männern zuwende, beobachte ich noch, wie das Kamerateam durch das Tor verschwindet.

Hauptkommissar G. und der Dezernent P. nehmen Platz in den Sesseln, der Veterinär hält sich stehend im Hintergrund auf. Ich biete ihm keinen Platz an und setze mich allein auf das Sofa. Der Dezernatsleiter nimmt das Wort wieder auf und erklärt versöhnlich:

„Entschuldigen Sie, aber das Fernsehen können wir hier jetzt nun wirklich nicht gebrauchen, das verstehen sie doch sicher?"

Er hat wieder sein leicht spöttisches dünnes Lächeln aufgesetzt. Ich nippe an meinem schwarzen süßen Kaffee und versuche kraftlos meine Gedanken zu ordnen.

Ich denke an das Gespräch mit Brad in der schlaflosen Nacht, in der wir über ein vorzeitiges Ende sprechen.

Das Projekt hat seinen Zenit erreicht. Das ist sicher.

Es könnte andererseits natürlich noch mehr Aufmerksamkeit bekommen. Es gibt noch viele offene Anfragen von anderen Fernsehstationen und Radiosendern.

Ständig kommen neue hinzu.

Mir fällt ein, dass ich später um 14 Uhr noch ein Interview mit dem staatlichen Sender des schwedischen Radios vereinbart habe. Danach um 14.30 Uhr mit einem Radiosender aus Bremen.

Ich bemerke, wie ausgebrannt ich durch den Marathon der vielen Presseanfragen bin.

Der Druck des Shitstorms hat sich in mir zu einer psychischen Belastung manifestiert, die ich vergeblich zu verdrängen versuche. Mich fröstelt es.

Meine Gedanken werden vom Klingeln des Telefons unterbrochen. Es meldet sich eine aufgekratzte Reporterin eines Privatsenders aus Wien.

Sie will ein Interview für einen Fernsehbeitrag.

Ich vertröste sie matt und bitte sie mir ihre Kontaktdaten per E-Mail zu schicken.

Die Sendung wird später ohne mich stattfinden.

Man hat in offensichtlicher Eile stattdessen eine Expertin eines bekannten Kunstauktionshauses eingeladen, die am nächsten Morgen im Gespräch mit zwei Moderatoren befragt wird, ob meine Installation denn überhaupt Kunst sei.

Der Dezernent P. dringt aus dem Sessel zu mir durch:

„Herr Mehnert, wir schlagen Ihnen folgenden Deal vor: Sie übergeben uns jetzt die Ratte und wir werden dann eine Pressemitteilung herausgeben, dass wir die Ratte in Verwahrung genommen haben und dass sie artgerecht und mit Sorgfalt gehalten wurde. Wir werden mitteilen, dass die Ratte in Sicherheit ist."

„Sie wollen doch, dass der ganze Protest der Tierschützer endlich aufhört. Wissen Sie, wir sind durchaus um ihre Sicherheit besorgt."

Der Kommissar mischt sich ein und fügt in seiner väterlichen schwäbischen Art hinzu:

„Herr Mehnert, Sie haben Personenschutz beantragt, das steht Ihnen zu, ich muss Ihren Fall jedoch bearbeiten und mitentscheiden, in welcher Form wir für Sie den Schutz veranlassen können. Das setzt aber voraus, dass auch Sie mitarbeiten. Sie können sich nicht einfach so einer selbst erzeugten Bedrohung aussetzen und dann nicht kooperieren. Denken Sie doch mal an ihre Familie!"

Ich verspüre keine Lust, auf seine Worte einzugehen.

Es geht mir alles zu schnell.

Ich richte mich auf und teile mit, dass mich die Presseerklärung des Landratsamtes nicht interessiert.

Ich hätte schließlich selbst genug Presse, in der ich ausführlich erklären könne, was mir wichtig sei.

Daraufhin stößt sich Dezernent P. in seinem Trenchcoat, den er die ganze Zeit über nicht ausgezogen hat, ruckartig aus dem Sessel hoch. Er macht ein paar wütende schnelle Schritte durch den Raum, sammelt sich und dreht sich zu mir um. Seine Stimme wird betont ruhig, aber schlägt dabei einen drohenden Unterton an.

Er spricht seine Worte gestresst langsam aus, während er wieder auf mich zu geht:

„Verstehen Sie Herr Mehnert, ich versuche es zunächst immer im Guten. Das ist meine Art. Ich bin ein fairer Partner. Ich bin immer bereit, erst mit den Betreffenden zu reden. Ich bin nicht der Typ Mensch, der gleich mit den Paragrafen und mit Bestrafung droht."

Er setzt sich wieder in den Sessel, öffnet die Knie und beugt sich mit aufgelegten Ellenbogen weit zu mir vor.

Während er mein Gesicht fokussiert, kann er sein dünnes Grinsen nicht unterdrücken:

„Doch ich will Ihnen eines sagen, Herr Mehnert: Wir haben noch nichts Konkretes gegen Sie vorliegen, wir können Sie nicht zwingen, das Projekt hier und jetzt zu beenden, aber ...", er macht eine dramaturgische Pause und atmet ein. Sein Lächeln erstirbt, während seine Augen bohrend Kontakt zu mir suchen.

Gelassen verlassen die Worte seinem Mund:

„Wenn Sie nicht bereit sind zu kooperieren, Herr Mehnert, dann werden wir etwas gegen Sie finden. Das kann ich Ihnen versichern!"

Stille erfasst den Raum.

Ich realisiere seine Worte als plötzliche Drohung.

In mir breitet sich eine Welle der Unentschlossenheit aus. Meine Gedanken beginnen zu rotieren, ich werde von Fantasien überschwemmt: Ich sehe mich in meinem Auto mit defekter Bremse schleudern. Man entdeckt bei einer Verkehrskontrolle Drogen in meinem Kofferraum. Ich wische das Gedankenkarussell innerlich zu Seite, versuche die Zivilbeamten im Raum auszublenden und einen klaren Gedanken zu fassen. Meine Überlegungen kreisen jetzt um die Form eines möglichen Endes.

Der Gedanke, das Projekt zu beenden, erleichtert mich.

Ich will den richtigen Zeitpunkt für ein Ende des Experiments finden. Wann ist der richtige Zeitpunkt?

Seit dem nächtlichen Chat mit Brad ist für mich klar, dass ich den elftägigen Countdown nicht zu Ende zählen lassen werde. Die Resonanz über mein Projekt `11 TAGE´ ist ohne Zweifel unerwartet groß. Das Projekt hat weltweite Aufregung erzeugt. Die Menschen diskutieren.

In allen möglichen Foren und in den sozialen Medien.

Hat 11 TAGE sein Ziel erreicht?

Ich will den Bogen nicht überspannen. Kommen mir die Beamten jetzt zuvor? Oder befinde ich mich nicht ohnehin schon an dem Punkt, das Projekt zu beenden? Ich überlege weiter. Später wird das Kamerateam zurückkommen. Ich könnte es überzeugen, mich weiter durch den ganz Tag zu begleiten. Sie könnten über ein vorzeitiges Ende berichten. Was wird geschehen, wenn ich die Beamten jetzt einfach wegschicke? Brauche ich mehr Zeit?

Werden sie nicht ohnehin wiederkommen?

Macht eine Verweigerung Sinn? Wird es meinem Projekt inhaltlich helfen, wenn ich jetzt weitermache?

Wie werden die `11 TAGE´ nachwirken, wenn ich das Projekt weitertreibe?

Ein Gefühl der Angst, unbestimmt und nicht näher definierbar: Ich befürchte eine Eskalation.

Eine weitere längst überfällige Überlegung schiebt sich in den Vordergrund: Wer hat diese Männer eigentlich geschickt? Geht ihr Auftritt womöglich von höherer Stelle aus? Kommen die drei Männer tatsächlich auf ihre eigene Initiative hin? Schaltet sich der Dezernatsleiter mit einem Kriminalhauptkommissar und einem Veterinärsamtsarzt auf eigene Faust zusammen, um gemeinsam zu mir aufzubrechen? Nur um einen lästig gewordenen Künstler davon zu überzeugen, sein Kunstprojekt zu beenden?

Wer hat so großes Interesse an einem vorzeitigen Ende?

Ich zweifle an der Eigeninitiative der drei Männer in Zivil. Ich werde niemals Antworten auf meine Fragen erhalten. Es werden eine Vielzahl Strafanzeigen von Privatpersonen, aber auch von Anwälten eingegangen sein und meine Akte bei der Staatsanwaltschaft wird auf dreihundertachtzig Seiten anwachsen.

In der Auskunft, die ich beim Landeskriminalamt später einfordere, wird bestätigt, dass ich dort aktenkundig wegen meines Projekts geführt werde.

Das Kunstexperiment `11 TAGE´ hat seinen Höhepunkt erreicht. Ich entschließe mich dazu, das Projekt am Dienstag, den 17. März um 19 Uhr zu beenden.

„Aber nicht, dass Sie wieder eine zweite neue Ratte einsetzen und das Projekt fortführen, wenn wir gegangen sind!" kommentiert Redeführer P. spitzfindig meinen laut geäußerten Entschluss.

Fast empfinde ich Beleidigung über das offensichtlich tiefe Misstrauen und schäme mich gleichzeitig für meine gutmütige Naivität. Plötzlich fällt mir zu Dezernent P. ein französisches Sprichwort aus meiner Schulzeit ein:

„Honi y soit qui mal y pense"[6]

Ich versichere, dass ich entschlossen sei, das Projekt heute zu beenden und die Ratte an die Behörde zu übergeben. Dezernent P. springt triumphierend auf und wird ungeduldig. Er hat seinen Kaffee nicht angerührt.

Der Veterinär verlässt eilig den Raum, um mit einem Käfig, den er offenkundig vorsorglich schon im Auto deponiert hat, zurückzukehren. Ich lasse mir die Telefonnummer des Pressesprechers des Dezernats geben, denn ich will mit ihm den Zeitpunkt der Veröffentlichung seiner Erklärung absprechen. Die Männer begleiten mich zurück in mein Atelier und treten siegesgewiss an die Installation heran. Der Amtsveterinär versucht, die Ratte aus der Box zu heben. Als ob die Ratte ahnt, was passieren wird, wehrt sie sich lautstark. Sie quietscht, zappelt und beißt den Veterinär in die Hand.

Niedergeschlagen verfolge ich das Szenario. In mir drehen sich die Gedanken um den organisatorischen Aufwand, der mir jetzt bevor steht. Der Veterinär bekommt die Ratte dann zu fassen. Unter weiterem Fiepen und Zappeln, befördert er sie entschlossen in seinen mitgebrachten Behälter.

In der neunseitigen Erklärung der Staatsanwaltschaft über die Anwendung der Kunstfreiheit in Bezug auf das Kunstexperiment `11 TAGE´ werde ich später lesen, dass die freiwillige Übergabe der Ratte an die Behörden die

Glaubwürdigkeit meiner Behauptung unterstützt hätte, dass ich nicht vorgehabt hätte, das Schießen auf die Ratte zu ermöglichen.

Die Herren bitten darum, mein Atelier durch die Hintertüre verlassen zu dürfen. Sie wollen dem möglicherweise auflauernden Kamerateam entkommen. Resigniert schließe ich ihnen die hintere Türe in meinem Atelier auf. Kriminalhauptkommissar B. hält kurz inne, um mir seine Visitenkarte zu reichen und mich darum zu bitten, ihm noch die E-Mails mit den Gewalt- und Morddrohungen zukommen zu lassen.

Er verspricht, sich darum zu kümmern.

Ich werde nicht mehr von ihm hören.

Ich habe später selbst Strafanzeige gegen all die Drohungen gestellt. In einer späteren Verfügung der Staatsanwaltschaft lese ich: „Aufgrund einer vom Anzeigenerstatter als provozierende Kunstaktion im Internet vorgestellten Tötung einer Ratte, an einem bestimmten Tag per Fernauslösung einer auf diese gerichteten Schusswaffe, ging eine Vielzahl von Strafanzeigen […] bei den beteiligten Behörden ein […].

Gleichzeitig ging aber auch eine Vielzahl vom E-Mails bei dem Geschädigten ein, in denen er selbst mit Verbrechen bedroht und beleidigt wurde.

Die Durchsicht dieser E-Mails ergab keine Ansatzpunkte für eine Ermittlung der Täter. Aus E-Mail-Adressen ist in aller Regel, so auch hier, der wahre User nicht erkennbar. Die Anmeldung von E-Mail-Adressen erfolgt stets über das Internet und vom heimischen PC aus. Gerade in Fällen wie im vorliegenden, wo Straftaten begangen oder angedroht werden, erfolgt eine Anmeldung unter Alias Daten, um eine Strafverfolgung nicht zu ermöglichen. Allein schon aus den verwendeten Namen der Absender ist die Verschleierungsabsicht erkennbar. Das Verfahren musste daher aus tatsächlichen Gründen eingestellt werden."

Das Kamerateam wird jeden Moment zurückkommen.
Ich verdränge einen Anflug von Enttäuschung und Wut über mich selbst. Ich fühle mich erschöpft.
Das von mir selbst herbeigeführte Ende ist mir zu plötzlich. Anderseits erleichternd. Ich muss für den Abschluss heute Abend noch viel vorbereiten. Es bleibt nicht mehr viel Zeit.
David B. schreibt von einer google E-Mail Adresse:
„WAS BIST DU FÜR EIN SCHEIß HURENSOHN!
MACH DIE SCHEIß WEBCAM AUS, DU VERDAMMTER TIER QUÄLER!
WIE WÄRE ES, WENN MAN DIR EINE WAFFE AN DEN KOPF HÄLT ??"

Ein Mann mit einer E-Mail Adresse bei AOL schreibt:
„What goes around comes around, lets see how long you can dodge your bullit.
Your gonna need eyes in the back of your head if you carry out your imature stunt I´ll be comming for you"

Alex H. aus Belgien mit Outlook Adresse schreibt:
„Du dreckiges Miststück, Du verdienst zu sterben! Es ist unmenschlich, schmutzig, barbarisch, ekelhaft, was du vorhast... Du bist eine arme Scheiße, ich wünsche, dass

dir die gleiche Sache widerfährt, und dass du Dich unter größtem existierendem Leiden windest, dass man dich in einer Gefängniszelle ohne Trinken und Essen und Schlafen in Deiner eigenen Scheiße verrecken lässt. Wenn Du diese arme kleine Ratte verletzt, wirst Du das teuer bezahlen, es gibt Millionen da draußen, die sich mobilisieren, um sie zu schützen!"

Über Twitter werden Aufrufe zu Teilnahmen an den Petitionen gegen `11 TAGE´ retweetet.
Als ich aus dem Atelier heraustrete, steht Markus mit seinem Team bereits im Innenhof. Sie haben wohl beobachtet, wie die drei Männer davongefahren sind.
Ich schildere ihnen meinen gefassten Entschluss.
Das Fernsehteam ist überrascht und zunächst ratlos, enttäuscht. Ich fange ihre Ratlosigkeit auf und wir setzen uns alle zunächst mit einem weiteren Kaffee zusammen in die Sonne und beraten gemeinsam über den Ablauf des verbleibenden Nachmittags und Abends.
Das Kamerateam erklärt sich bereit bis zum Schluss dazubleiben und mich durch den restlichen Tag bis abends zu begleiten.
Immer wieder klingelt das Telefon mit Presseanfragen.
Ich schreibe eine Rundmail an die Presse, in der ich das Ende des Projekts auf den heutigen Abend um 19 Uhr ankündige.
Wie geplant, werde ich Fotos von Drohnenopfern in die Box der Installation hängen. Ich hatte bisher noch keine Zeit diese vorzubereiten und beginne zunächst damit, die schon bereitliegenden Fotos zuzuschneiden, um sie dann

auf Pappe zu kaschieren.

Das Kamerateam filmt mich und stellt dabei Fragen.

Meine Intention ist es, den Fokus nach all den Diskussionen über die Ratte wieder deutlich auf die Thematik der bewaffneten Drohnen zu lenken.

Zwischendurch gebe ich das geplante Interview mit dem schwedischen Radio. Die beiden jungen Leute aus Schweden begrüßen mich fröhlich, offen und locker durch das Telefon.

„Hi Florian, how are you?"

Ich beantworte ihre oberflächlichen Fragen freundlich und beginne mich dann aber in Rage zu reden.

In einen Monolog erkläre ich erregt meine Intention, die Reaktionen der Rezipienten und meiner Interpretation darüber. Ich benenne die Beteiligung Deutschlands an den Drohnenkriegen. Ich spreche über die Überforderung der Rezipienten, über die Dummheit mancher, über die Morddrohungen. Es sprudelt, es bricht alles aus mir heraus. Mich beschleicht das Gefühl, dass die beiden jungen Schweden wohl eher ein hippes, cooles Interview geplant haben. Sie haben nicht mit der plötzlichen ungefilterten emotionalen Eruption meines ernsten Redeflusses gerechnet. Am anderen Ende der Telefonleitung wird es immer stiller. Sie scheinen ihre wahrscheinlich vorbereiteten Fragen nicht mehr stellen zu wollen.

Ich habe ihr Konzept zerstört.

Ich spüre wie erschrocken die beiden über mich sind, über das was ich ihnen erkläre und ausführe.

Mit heiserer Stimme führe ich weiter aus: „Wollen wir alle die gezielte Tötung auf Verdacht per ferngesteuerte Drohnen akzeptieren? Leben wir überhaupt in einem rechtsstaatlichen Gefüge? Wollen wir akzeptieren, dass Menschen ohne Anhörung, ohne Prozess, quasi über das Internet getötet werden? Ganz zu schweigen von den zivilen Opfern, die sich in der Nähe des vermeintlichen Opfers aufgehalten haben."

Meine Direktheit überfordert sie.

Ich gewinne den Eindruck, dass sie erst jetzt, während des Telefonats mit mir, beginnen mein Projekt zu verstehen.

Ich rede weiter und vergesse meinen Zeitdruck darüber.

Draußen wartet geduldig das Fernsehteam.

Es platzt aus mir heraus: „Ich habe Polizeischutz beantragt. Es gibt unzählige Anzeigen gegen mich, der Shitstorm reißt nicht ab. Es gibt schwachsinnige Leute da draußen, die den Fokus auf die Rettung der Ratte verschieben und die stattdessen lieber den Künstler töten wollen.

Die Staatsanwaltschaft ermittelt.

Soeben waren drei zivile Beamte hier und haben ohne einen Straftatbestand das Ende meines Projekts forciert.

Ich habe den Beamten vorhin die Ratte übergeben.

Das Projekt hat aber seinen Zenit erreicht!

Das Projekt endet heute um 19 Uhr."

Ich weiß nicht, ob dieses Interview je im schwedischen Radio gesendet wurde.

Als Brad um 7.45 Uhr morgens in Texas aufsteht, habe ich ihn über den Google Hangout bereits kurz informiert:

„Brad, die Ratte ist aus der Box. Ich habe sie den Behörden übergeben. Ich werde das Projekt heute beenden. Wir sprechen uns später ..."

Als er nach den Gründen fragt und ich ihm kurz den Verlauf des Vormittags schildere, kommentiert er nur:
„Wow... die Ratte weiß gar nicht wie wichtig sie ist!"

Per E-Mail vereinbare ich mit dem englischen Radio ein weiteres Interview am Abend um 22 Uhr.
In einem Blogeintrag lese ich:
„Ich habe das Gefühl, dass man aus diesen Werken viel lernen kann ... Nachdem ich 2008 die Vargas-Petition unterschrieben habe, bin ich jetzt stolz und bereue es zugleich.
Der Sinn von Kunstwerken wie diesem besteht darin, dass wir über die größere Idee nachdenken, die es uns ermöglicht, uns als menschliche Wesen zu verbessern.
Sie sollen uns zum Nachdenken über die anonymen Mörder und das unnötige Leid in der Welt anregen.
Die Ratte ist unschuldig, und die Menschheit hat die Wahl: zerstören oder retten, genau wie unsere Entscheidungen, die wir jeden Tag treffen.
Jeder Akt des Protests trägt zur Arbeit bei.
Wir sind die Arbeit.
Die Petition ist das Werk, ich, der ich dies schreibe, ist das Werk, da ich live Gedanken über Florian Mehnert beisteuere, und es ist erschreckend schön. Ich hoffe, dass das Internet die Ratte nicht erschießt, obwohl wir sehen werden, was die Grausamkeit der Menschheit anrichten kann, wenn der Mörder anonym ist und keine Schuld auf die Person geschoben werden soll.
Es gibt keine Autorität, die uns etwas vorschreibt, sondern nur, dass wir es tun könnten.
Während die Tage vergehen, an denen das Werk aktiv

ist, DENKEN Sie nach, und bevor Sie eine Petition unterschreiben, recherchieren Sie, suchen Sie nach den Gründen für die Existenz des Werkes aus einem nicht subjektiven Blickwinkel, Sie könnten angenehm überrascht sein. [...]"[7]

An Stelle des Countdowns erscheinen nun in Rot die Worte: GAME OVER

Auf der Webseite veröffentliche ich den Text:
„Das Kunstexperiment ‚11 Tage' hat erfolgreich sein Ziel erreicht und wurde am 17. März 2015 um 19:00 Uhr (CET) beendet. Die Ratte lebt und hat die Installation verlassen. Es war für die künstlerische Aussage des Experiments niemals vorgesehen, die Möglichkeit des Schießens auf die Laborratte wirklich zu eröffnen."

Nach dem Ende des vorzeitigen Countdowns kommen positive Rückmeldungen per Email. Das Publikum scheint sich zurückzulehnen und zu entspannen.

Tag 8
Mittwoch, 18. März

Am morgen schickt die Sängerin eines experimentellen Wiener Pop-Duos eine E-Mail mit einem Link zu ihrem privaten soundcloud Zugang. Sie gratuliert mir zu meinem Projekt. Der erste Song heißt „Lab rats, escape!"
Über den Tag gebe ich weiterhin Interviews über das Ende des Projekts. Viele Zeitungen und Radiosender wollen nun noch einmal mit mir sprechen.
Um 10 Uhr besucht mich eine Video-Journalistin einer großen überregionalen Zeitung. Mit einem weiteren Journalisten habe ich um 14 Uhr eines meiner letzten Telefoninterviews vereinbart. Es wird für ein Radiomagazin für Medien und digitale Kultur sein.[8]
Der Journalist ruft pünktlich um 14 Uhr an. Er befindet sich in New York und hört mir geduldig zu.
Es wird ein sehr ruhiges über einstündiges Gespräch, in dem ich nach all den unzähligen Interviews der vergangenen Tage zum ersten Mal eine Möglichkeit finde in Ruhe eine Reflexion über mein Projekt zu versuchen:
„Jede Äußerung auf ‚11 TAGE', ob positiv, verhalten, oder negativ, ist eine Reaktion und spiegelt seine Wirkung wider. `11 TAGE´ hat die Gedanken und Emotionen der Menschen bewegt. Sie dazu veranlasst zu applaudieren, es

abzulehnen oder mich zu hassen. Das Kunstexperiment
`11 TAGE´ hat auf seinem Höhepunkt weltweit Hundert-
tausende Menschen beschäftigt. Meine Intention bestand
darin, eine Plattform des Diskurses anzubieten. Einen
emotionalen Zugang über die Thematik der Drohnenein-
sätze und deren Hintergründe zu öffnen. Es gibt in Bezug
auf das Kunstexperiment `11 TAGE´ keine richtigen oder
falschen Ergebnisse. Alle Reaktionen dazu waren richtig."
Am Ende stelle ich im Interview die rhetorische Frage:
„War nicht das Publikum selbst die Ratte in diesem Experiment?"

Am Abend schreibt Sebastian M. in einer E-Mail:
„Guten Abend Herr Mehnert,
heute habe ich während Traktorarbeiten in den Reben
(ich bin Winzer) auf DLF [Deutschlandfunk] Ihre Stellung-
nahme zum „Elf-Tage-Projekt" gehört.
Vor dem Hintergrund des US-Drohnenwahsinns finde ich
die Idee zu dieser „Inszenierung" genial.
Die Reaktionen sind erschreckend und spiegeln eine be-
denkliche Entwicklung in unserer Gesellschaft wider.
Toll das es Leute wie Sie gibt, die mit kreativen Mitteln den
Finger in die Wunde legen.
Meinen Respekt und Dank haben Sie!

Die Rolle der Ratte

Die Laborratte nimmt als etabliertes Versuchstier in der Forschung und Lehre ihren Platz ein. Ich wollte meinem Kunstexperiment eine wissenschaftliche Komponente geben. Dafür eine Ratte auszuwählen, erschien mir kontextuell geeignet. Eine Maus (für welche die Ratte irrtümlich in den Medien ab und zu gehalten wurde) war für meine Zwecke aufgrund ihrer Größe zu klein. Man hätte eine Maus im Livestream schlechter wahrgenommen.

Das Verhältnis der Ratte zum Menschen unterliegt einer gewissen Ambivalenz. Auf der einen Seite steht die erforschte Intelligenz der Ratte, auch in ihrem sozialen Verhalten, auf der anderen Seite ist die Ratte im kollektiven Bewusstsein als Plage und Überträger von Seuchen in unserer Kultur eher negativ verankert. Sie wird als beliebtes Haustier gehalten, dann aber als lebendes Schlangenfutter in Zoohandlungen verkauft. Auch meine „Laborratte", die keine war, sondern aus der Tierhandlung stammte, wäre zweifellos innerhalb weniger Tage im Schlund einer Schlange verendet. Ich habe die Ratte bewusst als Laborratte bezeichnet und ihr keinen Namen gegeben.

Es sollte eine Anlehnung an die bekannte Verwendung der Ratte in Experimenten der Wissenschaft sein. Und auch ein Fingerzeig darauf, dass es sich bei meinem Projekt um ein Experiment handelt.

Die Ratte spielte die Rolle des unschuldigen Opfers. Sie stand als Platzhalter für den Menschen. Die Ratte war der kalkulierte Auslöser für Emotionen und Aufmerksamkeit.

Ich hoffte, dass eine unschuldige Ratte, die öffentlich mit einer Waffe bedroht wird, Empörung und ein Gefühl der Ungerechtigkeit hervorrufen würde.

Hierbei spielt die öffentliche Ankündigung der Exekution und die Darstellung über den Livestream natürlich eine wichtige Rolle.

Wer in seinem Keller Rattengift auslegt, weil seine Vorräte ständig angefressen werden und dies auf Facebook postet oder twittert, wird sich vermutlich nicht gleich einem internationalen Shitstorm aussetzen. Hier muss sich die Ratte zumindest den Vorwurf gefallen lassen, ein Schädling zu sein. Insofern wird ihre Bestrafung durch Vergiftung eher akzeptiert.

Viele der Rezipienten schlugen vor, ich solle mich anstelle der Ratte selbst in die Kiste setzen, dass sei dann Kunst.

Diese „Variante" war für mich in der Konzeption des Projekts von vornherein ausgeschlossen. Ich wollte in meinem Kunstexperiment den Fokus vom Menschen hin zu einem Platzhalter verschieben. Ich wollte eben gerade keinen Menschen direkt bedrohen, wie es durch die bewaffneten Drohnen der Fall ist, sondern eine Parallelverschiebung hin zu einer abstrahierten Modellsituation.

Gerade die glaubwürdige Bedrohung der Ratte ließ die Menschen aufhorchen, nicht die wesentlich unglaubwürdigere Bedrohung eines Menschen.

Ich bezweifle, dass sich die Rezipienten in gleicherweise empört für die Rettung des unschuldigen Künstlers aus der Installation eingesetzt hätten.

Die Abstraktion eröffnet dem Rezipienten einen neuen

unbelasteten Zugang zu der Thematik des Drohnenkriegs. Die Emotionalisierung und die Empörung ist mit der Ratte eindeutig gelungen. Oft werde ich nach dem Verbleib der Ratte gefragt. In einem Polizeibericht, den ich später einsehen kann, ist von einer Verwahrung in einem Tierheim die Rede.

Das Kunstexperiment `11 TAGE´ zeigte per Livestream die todgeweihte Ratte. Die Hilflosigkeit der possierlichen Ratte erzeugte die Empörung. Im Bild war stets der Lauf der steuerbaren Waffe zu sehen. Die Möglichkeit, dass die Ratte am Ende des 11 Tage dauernden Countdowns getötet werden würde, war für viele der Rezipienten eine unausweichliche Tatsache. Diese Rezipienten antizipierten in ihrer Wahrnehmung ein für sie feststehendes Ende des Projekts: Die Ratte wird getötet werden. Wie in manchen Online-Kommentaren ersichtlich, war anderen Rezipienten allerdings bewusst, dass ich das Leben der Ratte nicht aufs Spiel setzen würde.

In Bezug auf meine Intention hätte es inhaltlich keinen Sinn ergeben. In den „Waldprotokollen" [9] und auch in der Installation „Menschentracks" [10] habe ich mit Überwachung auf Überwachung aufmerksam gemacht.

Auch bei `11 TAGE´ war die Überwachung der Ratte durch den Livestream bedeutend. Darüber hinaus wollte ich jedoch auf die Konsequenz des Tötens durch ferngesteuerte bewaffnete Drohnen als Ergebnis und Auswirkung der Überwachung aufzeigen.

Ich hatte nicht die Absicht, durch reales Töten auf Töten aufmerksam zu machen. Denn der Tod oder das Töten als unwiderrufliches Ende des Lebens transportiert in seiner Unumkehrbarkeit eine Dimension ganz anderer Tragweite. Ich kann selbstverständlich keine Rechtfertigung darin finden, für welche künstlerische Auseinandersetzung auch immer zu töten. Deshalb war die Fiktion des möglichen Todes der Ratte für meine künstlerische Intention vollkommen ausreichend. Ein vermeintlicher, über die Medien verbreiteter, Fakt, entfaltet eine durchschlagende Wirkung. Die Fiktion entwickelt in ihrer Gratwanderung entlang der Realität eine eigene machtvolle Dynamik.

Es scheint für den Rezipienten dann kaum mehr unterscheidbar zu sein, an welcher Stelle die Realität in die Fiktion übergeht. Ich gehe bei `11 TAGE´ sogar so weit, die Fiktion auf die gleiche Ebene mit der Realität zu stellen. Heute würde ich diese Vorgehensweise als „Live Deepfake" bezeichnen.

`11 TAGE´ existierte für die Rezipienten nur im Internet. Niemand konnte die Installation in Wirklichkeit besichtigen. Aber `11 TAGE´ war kein virtuelles Computerspiel.

Die Installation war real, die Ratte darin war real, die Exekution wäre möglich gewesen. Die Webseite mit ihrem Livestream stellte das Übertragungsmedium der realen und interaktiven Installation dar. Nur die tatsächliche Eröffnung der Möglichkeit einer Tötung war Fiktion. Im Hinblick darauf wundert es nicht, dass viele der Rezipienten die Fiktion der geplanten Exekution der Ratte als Realität anerkannt haben. Die Funktionalität wurde durch die über Computer oder Smartphone steuerbare Waffe eindeutig untermauert. Der geplante Tod der Ratte wurde zur unüberprüfbaren Realität. Meine Aussagen in den vielen Interviews ließen beim Zuhörer aber gewollte Zweifel aufkommen. Immer wieder habe ich während des Projekts versucht, den Fokus von der Ratte weg auf die tatsächliche Intention des Projekts zu justieren. Die Vorstellung vom möglichen Tod der Ratte war für viele aber offensichtlich beeindruckender. Die Antizipation der toten Ratte schien in vielen Fällen meine Intention zu überlagern.

Warum wollten viele Menschen nicht die deutlich formulierte Intention hinter `11 TAGE´ sehen?

Das Kunstprojekt `11 TAGE´ hat von seinem Publikum die Fähigkeit zur Abstraktion verlangt. `11 TAGE´ hat eine Transferleistung erwartet.

In der Ratte, die über das Internet bedroht wird, sollte das Publikum den Platzhalter für den Menschen sehen, der von bewaffneten Drohnen bedroht wird. Manche Menschen waren mit dieser Anforderung möglicherweise überfordert, oder haben sich geweigert, die Transferleistung zu erfüllen. Der Livestream und Anblick der über das Internet bedrohten Ratte beeindruckte so stark, dass für viele keine Abstraktion mehr möglich war. Anstatt die Installation als Anlass zu nehmen, über den Einsatz bewaffneter Drohnen zu reflektieren, erschien es lohnenswerter, die Ratte zu retten. Paradoxerweise schlugen manche Menschen sogar meinen Tod, die Tötung des Künstlers vor. Das Verhalten des Publikums entstand womöglich aus einer Reaktion in Bezug auf ihre Selbstwirksamkeit: Die Rettung der Ratte erschien möglich und umsetzbar. Eine Einflussnahme auf die komplexen Vorgänge hinter den Einsätzen bewaffneter Drohnen als vergleichsweise unmöglich und aussichtslos. `11 TAGE´ wollte keine Antworten oder Lösungen liefern. Das Kunstexperiment warf kritische Fragen auf und wollte Gedankenprozesse anstoßen.

Der Shitstorm

Der `11 TAGE´-Shitstorm war sehr viel mehr, als Ausdruck einer Verunglimpfung meiner Person.

Der Shitstorm war Ausdruck einer Überforderung und Hilflosigkeit der Rezipienten. Er war zugleich ein emotionales Reaktionsventil, aber auch ein experimenteller Beweis, für eine massive emotionale Ansteckung durch soziale Netzwerke. Ich beziehe mich hier auch auf Forschungsergebnisse von Adam Kramer. [11]

Kramer zeigte in drei Studien auf Facebook auf, dass emotionale Zustände über soziale Netzwerke auf andere übertragen werden können. Er lieferte den experimentellen Beweis dafür, dass emotionale Ansteckung über online Netzwerke ohne direkte Interaktion, in der völligen Abwesenheit von nonverbalen Signalen und Hinweisen zwischen Menschen auftritt. Die Exposition gegenüber einem Freund, der eine Emotion ausdrückt, ist ausreichend.

Mit großer Geschwindigkeit innerhalb weniger Stunden verbreitete sich die Informationen über `11 TAGE´.

Mit ebenso großer Geschwindigkeit kochten die Emotionen in den Netzwerken hoch. Bei vielen Beiträgen ist fraglich, ob der kurze Text auf der Webseite oder die vielen anderen Hintergrundinformationen zu `11 TAGE´ je gelesen oder gehört wurden. Es schien darum zu gehen, dem Schwarm zu folgen und das große Entsetzen zu teilen.

Die vermeintliche Anonymität im Internet spielte hierbei vordergründig keine sehr große Rolle. Viele der Rezipienten nannten ihren vollen Namen, nur wenige verwendeten eine anonyme E-Mail Adresse oder einen Nickname.

Vielleicht erklärt sich die Offenheit der Aggressionen oder der Drohungen durch das Medium Internet, das durch Interaktivität und Livestream die Realität entrückte.

In einer Küche, im Büro oder im Café zu sitzen und Teil einer Realität zu sein, die irgendwo über das Internet übertragen stattfindet, scheint dennoch eine Entfremdung zu erzeugen.

Eine Situation live über das Internet zu beobachten und diese sogar steuern zu können, ist etwas anderes, als körperlich anwesend zu sein. Betrachtet man die Hassreden, die in Facebook, Reddit, twitter, Telegram und anderen Plattformen gehalten werden, kann man dies als ein gleichartiges Verhaltensprinzip deuten. Der Shitstorm auf das Kunstexperiment `11 TAGE´ kann auch als Reaktion der emotionalen oder geistigen Überforderung im Umgang mit einer komplexen Realität angesehen werden, deren Durchdringung und Bewältigung offensichtlich schwieriger wird.

Das Internet liefert täglich, oft in Echtzeit, eine Flut von Informationen. Die Bewältigung all dieser Information ist kaum möglich und suggeriert eine zunehmend komplexere Welt. Die Geschehnisse in den Gesellschaften dieser Welt sind vermutlich nicht komplexer oder zahlreicher als in der Prä Internet Ära, nur haben wir heute auf all diese Informationen gleichzeitig Zugriff. Die schiere Menge an Informationen erscheint undurchdringbar, die Realität scheint komplexer. Die Rettung bzw. der Einsatz für eine Rettung einer Ratte hingegen (z.B. in Form der zahlreichen Petitionen) scheint die Hilflosigkeit in eine sinnvolle Aktion zu transformieren. Die Unterzeichner von Petitionen zur Rettung einer einzigen Ratte drücken unbewusst aus: „Gegen Entscheidungen eines Staates habe ich keine Chance, was kann ich da schon ausrichten. Aber gegen die Installation eines Künstlers, gegen eine private Person, da kann ich unterschreiben, hier kann ich etwas bewirken und damit meiner Wut über das Unrecht Ausdruck verleihen. Die Hilflosigkeit, sich gegen den Drohnenkrieg nicht wirksam einsetzen zu können, manifestierte sich für die „Shitstormer" deshalb möglicherweise um so mehr in einer Rettung der Ratte und in einer Verurteilung des Kunstprojekts sowie seines Urhebers.

Ich möchte an dieser Stelle darauf aufmerksam machen, dass ein Shitstorm nicht unbedingt das Abbild einer sozialen Wirklichkeit im Netz ist. Wenn man die mir vorliegenden Nutzerzahlen betrachtet, sind ca. 35 % der Rezipienten, die sich an dem Shitstorm beteiligen in der Minderheit, während 65 % keine Aussage oder eine positive Aussage machen.

Es wird an diesem einfachen Sachverhalt deutlich, dass eine kleinere Gruppe über soziale Medien imstande ist, eine große mediale Wirksamkeit mit moralischer Aussage zu erzielen und damit in der Lage ist, die öffentliche Meinung nachhaltig zu beeinflussen. Diese Gefahr ist einige Jahre nach meinem Projekt unter anderem durch die Brexit-Kampagne in England und die Trump-Präsidentschaft-Wahlen in den USA, die beide mit dem intensiven Einsatz von Facebook und Twitter gearbeitet haben, eingehend untersucht und erkannt worden.

Anmerkungen

1 Süddeutsche Zeitung, Radikales Kunstexperiment als Protest gegen Drohnen - 13. März 2015, http://www.sueddeutsche.de/digital/interaktive-kunst-ich-rechne-mit-einem-massaker-1.2390433

Die Auflistung der Berichterstattung ist nicht vollständig und stellt nur eine Auswahl dar:

2 Der Spiegel, Künstler lässt auf Ratte schießen „Ich muss Grenzen überschreiten", 13.03.2015, https://www.spiegel.de/kultur/gesellschaft/kuenstler-florian-mehnert-laesst-publikum-auf-ratte-schiessen-a-1023396.html
• The Mirror, UK, Web users given power to kill a rat with their phones as part of an ‚art project‘ http://www.mirror.co.uk/news/weird-news/web-users-given-power-kill-5341723,
• Der Standard, Österreich, Kunstaktion zu Drohnen und Überwachung: Internetuser dürfen Ratte töten, 14. März 2015, http://derstandard.at/2000012931606/Kunstaktion-zu-Drohnen-und-Ueberwachung-Internetuser-duerfen-Ratte-toeten
• DIE WELT, KULTUR, EGO-SHOOTING, Das Internet wird diese Ratte töten, 14.03.15 , http://www.welt.de/kultur/kunst-und-architektur/article138416884/Das-Internet-wird-diese-Ratte-toeten.html
• Deutschlandradio Kultur, AKTION GEGEN DROHNENKRIEG, Florian Mehnert im Gespräch mit Stephan Karkowsky, http://www.deutschlandradiokultur.de/aktion-gegen-drohnenkrieg-die-ratte-darf-leben-der.2156.de.html?dram:article_id=314600"

- Stern, Krasses Kunstprojekt Jeder darf diese Ratte erschießen, 14.03.2015, https://www.stern.de/panorama/jeder-darf-diese-ratte-erschiessen--florian-mehnert-schockiert-mit-kunstprojekt--11-tage--5919376.html
- SWR2, Journal am Mittag, Der Aktionskünstler Florian Mehnert und sein Kunstexperiment, 18.3.2015 ,
- DIE WELT, Kunstexperiment,
Darf man eine Ratte per Mausklick töten?, 18/03/2015 ,
http://www.welt.de/138563631
- SWR Fernsehen, umstrittene Kunstaktion 11 Tage,
http://www.swr.de/landesschau-aktuell/bw/umstrittene-kunstaktion-11-tage-projekt-beendet-ratte-gerettet/-/id=1622/did=15236848/nid=1622/1hz933a/
- The Times, UK, One mouse click and a rat dies in artist's protest against drones ,
http://www.thetimes.co.uk/tto/news/world/europe/article4381300.ece
- Süddeutsche Zeitung, Umstrittenes Experiment beendet
„Ich lasse doch keine Ratte abknallen", 19. März 2015 ,
http://www.sueddeutsche.de/kultur/umstrittenes-experiment-beendet-ich-lasse-doch-keine-ratte-abknallen-1.2399180
- NOS, Netherland, De Duitser en zijn rat: zou jij schieten? ,
http://nos.nl/op3/artikel/2024844-de-duitser-en-zijn-rat-zou-jij-schieten.html
- France 3, Rat visé par une arme à feu : un artiste allemand abandonne son installation, 18/03/2015 ,
http://france3-regions.francetvinfo.fr/alsace/2015/03/18/rat-vise-par-une-arme-feu-un-artiste-allemand-abandonne-son-installation-677559.html
- Badische Zeitung, Mehnerts Aktion sorgt für Empörung, 17.

März 2015, http://www.badische-zeitung.de/.../mehnerts-aktion-sorgt-fuer-empoerung-- 101926798.html,

• SRF, Schweizer Radio und Fernsehen, Ratte im Focus - das umstrittene Kunstprojekt von Florian Mehnert, Kultur Kompakt, 17.03.2015,

http://www.srf.ch/sendungen/kultur-kompakt/ratte-im-fokus-das-umstrittene-kunstprojekt-von-florian-mehnert",

• NDR.de - Kultur, Rattenexperiment gegen totale Überwachung, Florian Mehnert im Interview http://www.ndr.de/kultur/Mehnert-im-Interview,mehnert104.html,

• The Mirror, UK, Web users given power to kill a rat with their phones as part of an ,art project'

http://www.mirror.co.uk/news/weird-news/web-users-given-power-kill-5341723,

• Badische Zeitung, Differenzierung findet nicht statt" BZ-INTERVIEW Florian Mehnert

http://www.badische-zeitung.de/.../differenzierung-findet-nicht-statt--101865429

• Deutschlandfunk Corso, Kunst - Netz-Installation „11 Tage", Florian Mehnert im Gespräch mit Susanne Luerweg ,

html,http://www.deutschlandfunk.de/kunst-netz-installation-11-tage-abgebrochen.807.de.html?dram:article_id=314724

• Badische Zeitung, Welche Botschaften das Rattenexperiment hat, 19. März 2015 ,

http://www.badische-zeitung.de/.../welche-botschaften-das-rattenexperiment-hat--102049546.html

3 https://www.theguardian.com/news/2019/nov/18/killer-drones-how-many-uav-predator-reaper

4 Ich habe später eine Wiederaufnahme des Verfahrens mit

jusristischer Unterstützung angestrebt, welches sich über Jahre hinzog. Einige der Bedroher wurden ausfindig gemacht.

5 Chance.org, https://www.change.org/p/florian-mehnert-stoppen-sie-das-rattenexperiment
•   thepetitionsite.com,   https://www.thepetitionsite.com/de/961/709/766/ki%E2%80%A6/
• Keine Ausstellungen für Tierquäler! https://www.change.org/p/mak-frankfurt-a-m-essenheimer-kunstverein-markgr%C3%A4fler-museum-kunsthaus-l6-keine-ausstellungen-f%C3%BCr-tier-qu%C3%A4ler
• Stoppen Sie das Rattenexperiment von Florian Mehnert!, https://www.change.org/p/veterin%C3%A4ramt-m%C3%BCll heim-m%C3%BCllheimer-b%C3%BCrgermeisterin-astrid-sie-mes-knoblich-tierschutzbeauftragte-baden-w%C3%BCrttem-berg-dr-cornelie-j%C3%A4ger-stoppen-sie-das-rattenexperi-ment-von-florian-mehnert

6 „Ein Schuft, wer Böses dabei denkt", oder „Beschämt sei, wer schlecht darüber denkt". Die Redewendung wird im Französischen ironisch gebraucht, um bei anscheinend unverdächtigen oder moralisch dargestellten Handlungen auf versteckte unmoralische Motive hinzuweisen bzw. diese zu unterstellen.

7 englischer Originaltext des Blogeintrags (die Quelle ist leider nicht mehr online, bzw. auffindbar):
„I feel that there is a lot to learn from these works...
After signing the Vargas petition back in 2008, I am now both proud and regret it. The point of artworks like this is for us to transgress the bigger idea that enable us to better ourselves as human beings. Make us think of the anonymous killers and the

unnecessary suffering in the world. The rat is an innocent, humanity has a choice: destroy or save, just like our choices we make every day. Any act of protest will contribute to the work. We are the work. The petition is the work, me typing this is the work, as I am contributing live thoughts about Florian Mehnert, and it is terrifyingly beautiful. I hope that the internet do not shoot the Rat, although we shall see what the cruelty of humanity can do when the killer is anonymous and no blame shall be put on the person. There is no authority telling us, just merely saying that we could.

While the days pass when the work is active, THINK, and before you sign any petition, do the research, look for the reasoning behind the existence of the work from a non subjective viewpoint, you might be pleasantly surprised.

The internet and the anonymous has the potential to kill, and we are all voyeurs to it …"

8 Deutschlandfunk Kultur, WIE DAS KUNSTPROJEKT „11 TAGE" FÜR FURORE SORGTE, Thomas Reintjes hat darüber mit dem Künstler gesprochen, 21.03.2015
https://www.deutschlandfunkkultur.de/netzkultur-vorzeitig-beendet-100.html

9 https://www.florianmehnert.de/waldprotokolle.html

10 http://www.menschentracks.florianmehnert.de/

11 Experimental evidence of massive-scale emotional contagion through social networks
Adam D. I. Kramer, Jamie E. Guillory, and Jeffrey T. Hancock
PNAS June 17, 2014 111 (24) 8788-8790; published ahead of print June 2, 2014, https://doi.org/10.1073/pnas.1320040111